小学館文庫

いつも私で生きていく

草笛光子

小学館

まえがき

本を出しませんか、というお話をいただいたときには、正直、困ってしまいました。

長年続けている女優という仕事で、いろんな女性の人生を演じてきました。喜劇も悲劇も、激しい人生も、残酷な物語もありました。

けれども、それはあくまでも芝居の中のこと。

私自身の人生は波瀾《はらん》万丈からはほど遠く、人さまにお聞かせして楽しんでもらえるような面白いことはなにもないのです。

おまけに私は過ぎたことにはさっぱり興味をもてない性格で、昔のことを思い出す作業は、毛糸の塊をほどいてたぐりよせるようなもどかしさがあって、苦手なのです。

だから、自叙伝的な本は私には書けないし、出すつもりもありません、とこれまでお断りしてきました。

そんな気持ちを、そのまま話したら、この本を作るスタッフの人たちが、それでかまいません、とおっしゃった。知りたいのは、今の草笛光子さんのことだから、と。


普段、どんな生活をおくっているのか。

健康や美容で気をつけているのはどんなことなのか。

心も元気に保つには、どんなコツがあるのか。

人とのつきあいで大切にしているのはどんなことなのか。

「老い」について、どんな思いがあるのか。

知りたいのはそういうことなのだ。それは、普通に生活をしている、日本全国のいろんな世代の人に参考になることだから、と口説かれました。

なるほど、と思いました。

女優という職業をもったひとりの女性が、何十年も元気に仕事を続けている。そのことが、どなたかの参考になり、役に立つことが少しでもあるなら、やってみようかしらと思い、恐る恐るお引き受けしたというわけです。

話はあちらこちらに広がり、あのころは、あんなことがあった、こんなこともあった、と時代をさかのぼって話すこともたくさん出てきました。

質問をされなければ、忘れていたようなことも思い出したので、女優の仕事については、第3章で、デビューのころから今に至るまでをおおまかに年代を追ってまとめました。

本の題名は『いつも私で生きていく』としました。

人生には、楽しいことだけでなく、悲しみも苦しみもあります。でも、辛《つら》いからといって、自分の人生を誰かにかわって生きてもらうわけにはいきません。

だから、どんなときも〝精一杯の私で〟生きてきました。そして、幾多の苦難も「こんちくしょう、こんちくしょう」と、自分をはげまして乗り越えてきました。

これからもそうして生きていくのだろうと思います。

そんな思いもこめた題名です。

この本が、お読みくださった方にとって、なんらかのプラスになれば幸いです。

草笛光子

いつも私で生きていく　目次

第2章

〔美容とおしゃれ〕

第3章

〔女優人生〕

第4章

〔人間関係〕

第5章

〔このごろ思うこと〕

＊本文中の年齢、肩書き等は２０１２年の同名単行本刊行当時のものです。

第1章 〔毎日の健康法〕 体も心も〝元気〟でいたい

演じるために、元気でいたい

女優の仕事を続けてきて、おおよそ60年になります。

このごろよく、

「どうしたら、そんなふうにお若くいられるのですか？」

「美容の秘訣は何ですか？」

という質問を受けるのですが、実は、私は若々しくありたいとか、きれいでありたいと思ったことはあまりないのです。

ただひとつ、思っていることは〝人の心を動かす女優になりたい〟ということ。

そのためには元気な体が必要なのです。

自分とはまったく別のひとりの女性を演じるということは、たいへんなエネルギーのいることです。

その人物の感情のすべてを演者である私の体を通して、表現しなければならないわけで、他人を〝通す〟ことに耐えうる体でなければならない。

そして、体で表現するためには、〝動く体〟でなければならない。

どんなに頭の中で、「この人物はこういう表情をして、こんな動きをする」というイメージを描くことができても、自分の体が動かないことには表現できません。

特に舞台のお芝居は、〝体力〟がものをいいます。たとえば、少しだけ振り向くという小さな動きでも、劇場の後ろの席の人にもちゃんとわかるような動きにするには、腹筋、背筋、足腰の筋肉をバランスよく使うことが必要です。

外国ものの舞台を多くやっていることもあって、たとえば、私は椅子の座り方がうまい女優になりたいと思っています。お行儀悪く、脚をガッと開いて椅子に腰掛けても、大またで歩いても、おしゃれでいい女に見える。床に寝転がったり、シーンによってはテーブルに足を上げるような乱暴なことをしても、品が崩れなくて、女としてかっこうがいい。そんな自由で自然な動きをするには、それなりの筋力が必要です。

役に応じたさまざまなトーンの声を出し、声量を自在に調節するにも腹筋、背筋は欠かせないものです。

映画『デンデラ』（※）で百歳の長老・三ツ屋メイという役を演じたとき、監督か

※　2011年公開。姥捨て山に捨てられた老婆たちの生き様を描いた物語。

ら、「〝ひくーい声〟でお願いします」と言われました。

メイという役は、姥捨て山に捨てられた老女たちで作った共同体〝デンデラ〟を束ねるカリスマ的なリーダーで、「オレは人じゃない、鬼だ」と自分のことを言い切れるような老女。〝腹の底から〟どころではなく、〝地獄の底から〟響いてくるような声にするにはどうすればいいか、太くて、低い音を発声するのに工夫がいりました。

そんな声のコントロールにもやはり筋力は必要です。

この映画の役をいただいたとき、なぜ、私に百歳の役を持ってきてくださったのですかと聞いたら、プロデューサーは「草笛さんが元気だからです」とひとことおっしゃいました。

リアルに百歳らしく〝見える〟ということと、物語の中の登場人物として強烈な個性をもった百歳の人を〝演じる〟ということはまったく別のこと。俳優に必要なのはテクニック以前に体力だなとこの役を通して、またあらためて感じました。

若いころは、こんなふうに体のことを切実に考えたことはありませんでした。ことさら意識しなくても動くことができたせいもありますし、人の心を動かす役者になりたいという気持ちが、今ほど熟していなかったせいもあるでしょう。

ところが、自分でも面白いことだと思うのですが、さまざまな難しい舞台を乗り越え、女優として経験を積めば積むほど、芝居というものに興味がわいてきて、人の心を動かす役者になりたいという気持ちも大きくなってきました。

もっといい女優になりたい、いい芝居をしたいという思いはどんどん強くなるのに、体力は衰え始めている……。

そう気がついたのが50代のころで、そのころから体はちゃんとつくっておこうという意識をもつようになりました。

70歳を過ぎて始めた筋トレ

とはいえ、舞台に立つことそのものが身体を動かすことなので、50代、60代のころは稽古の前のストレッチや日常的に歩くことのほかは、特別なことはしていませんでした。

そんな私がパーソナルトレーナーをつけてトレーニングをするようになったのは6年ほど前からです。

きっかけは、2006年初演の舞台『6週間のダンスレッスン』(※)でした。

このお芝居で私が演じるのは、フロリダでひとり暮らしをしている高齢の未亡人、リリーという女性。リリーは親子ほど年の離れたゲイのインストラクターからダンスレッスンを受けることになり、しだいにふたりはダンスレッスンを通じて心を通わせていきます。6週間かけて、スウィング、タンゴ、ワルツなど6種類のダンスを教わるというストーリーで、実際に舞台で6種類のダンスをするわけです。

初演の年、舞台が終わったときには、本当に体ががっくりきていました。

舞台は大好評で、「また、来年もありますからね」とそうそうに再演が決まったのはありがたいことでしたが、「このままでは体がもたない。これは体力をつけないと!」と本気で危機感を覚えました。

それで、トレーナーの伊藤幸太郎さんを紹介していただいて、パーソナルトレーニングを受けるようになりました。

トレーニングは週に1度、約2時間。ジムに通うとなると、おっくうになって休んでしまいそうな私なので、トレーナーの方にうちに来ていただいています。

たっぷりストレッチをして、体をほぐしてから、バランスボールを使って〝体の

※　2006年初演、珠玉のふたり舞台。2018年には『新・6週間のダンスレッスン』として通算200回上演に到達。

軸〟を整えるトレーニングをしたり、ウエイトをつけて筋トレをしたり、メニューはそのときどき、私の体の状態によって異なりますが、毎回、必ずやるのは腹筋です。上体と脚をV字にしてバランスをとり、両腕は前に伸ばした体勢で60回数えます。これはなかなかキツいです。

やり始めたころは、「い～ち、にい、さん、しぃ～、もうダメぇ～」と10も数えないうちにダウンしていましたが、やり続けているうちに、少しずつ長くできるようになりました。

それでも、未《いま》だに、30回数えたあたりでかなりキツくなります。

「あなた、私を殺す気？」

「ちょっとやそっとじゃ死にません！」

「それなら、やりゃあいいんでしょ、こんちくしょう～！」

などと、罵声も飛び交います。冗談を言ったり、突っ込みを入れたり、時にはケンカ腰になったり。はたで見ていると、漫才のように見えるかもしれません。だけど、寡黙なままでは、とてもじゃないけどやりとおせません。冗談で苦しさをまぎらわせているから、辛いトレーニングもなんとか続いているのです。

週1度のパーソナルトレーニング以外の日も朝のストレッチと腹筋、晩のストレッチを日課にしています。

朝、気分がのらない日もありますけど、「小さなことでも、積もり積もれば……」と自分に言い聞かせて、体を動かし始めると、血のめぐりがよくなるせいか、頭も気分もすっきりしてきます。

すると、「よし、今日もがんばりましょう！」という気持ちになってきます。

このごろでは、朝と晩のストレッチがすっかり習慣になって、やらないと気持ちが悪いくらいです。

体重計には何十年ものったことがありません

毎朝、ストレッチをする前に、一杯のジュースを飲みます。小松菜、セロリ、キャベツ、にんじん、りんご、レモン汁をジューサーにかけ、バナナ、すり胡麻《ごま》、きな粉、飲むヨーグルトをミキサーで混ぜた〝健康ジュース〟。ちょっと複雑な味だけど、おいしいです。

新聞のコラムを読んで、飲み始めたのはずいぶん前のことです。私は「これはいい！」と思うと続けるたちで、気がつくと、飲み続けて、何十年にもなってしまいました。

目覚めてすぐ、このジュースをいただいて、ストレッチをしたあとに朝食です。朝食にはなるべく野菜を食べるようにしています。

週1度のパーソナルトレーナーとのトレーニングのあとは、トレーナーと一緒に、たっぷり食べます。筋肉を使ったあとはタンパク質を摂ったほうがいいということなので、肉や卵をしっかり食べます。

トレーニングをするときは、粉末のアミノ酸を水で溶いたものをボトルに入れておいて、まめに水分補給をします。タオルで汗をぬぐいつつ、ゴクゴクとアミノ酸飲料を飲み、トレーナーと「ここの筋肉が足りないわね。ここを強化するには……」などとやっているときは、自分が女優という気がしません。なにかの運動選手、まるでアスリートなのではという気さえしてきます。

健康によい食生活というと、時間は規則正しく、摂取カロリーを考えながら、好き嫌いなく、いろいろなものから栄養を摂るというのが理想的なのでしょうが、私の場合は、食事の時間はまちまちですし、ウナギやレバーは苦手、魚の光りモノもダメ、と食べず嫌いも多いです。カロリー計算のような、手間のかかることもしません。

舞台に出ていない時期、仕事でそれほど体を使わないときは、気持ちもゆるんでいますし、好きなものを好きなように食べます。

トレーナーに言わせると、その時期は〝放牧〟なのだそうです。とはいえ、食べ過ぎることはないように、頭のすみっこで、なんとなく、気をつけているとは思いますが。

そして、舞台が決まれば、稽古を始めるスケジュールが決まり、そこから日程を逆算して、体を徐々に絞っていきます。

このようなおおざっぱながらもメリハリのある管理で、これまでさいわいなことに「困った！　急いでダイエットしなくちゃ」なんていう事態になったことはありません。

実は体重計には何十年ものったことがありません。体重計はどこへ行ったやら……。

動きが軽いか重いか、体を触ってみて、お肉がたるんでいるかひきしまっているか、自分の感覚が〝体重計〟です。

実際、〝放牧〟の時期など、おなかのあたりを触ると、おや？　と思う分量のお肉がついていることもあります。

鏡に全身を映せば、鏡もウソはつきません。体重を測るまでもなく、「これはマズい。明日からもうちょっと気を入れてトレーニングしなくては」という気持ちになるというわけです。

朝のベッドの上での〝背伸び体操〟で腰痛知らず

健康ジュースと同じくらい長いあいだ、朝の習慣として続けているのが、ベッドの上での柔軟体操〝背伸び体操〟。これは何十年も前、ご一緒に舞台の仕事をした前進座の三代目中村翫右衛門《なかむらかんえもん》先生から教わったことです。

朝、目覚めたら、仰向《あおむ》けの姿勢で背伸びをします。足の指先から脚全体、手の指から腕全体もぐーんと伸ばします。それから、はぁ〜っと脱力します。少しずつ伸びを大きくしながら、何度か繰り返して、背中も腰も固まっていないことを感じとってから、体を横向きにして、ゆっくりと起き上がります。この横向きの体勢が、腰に負担をかけずに起き上がるポイントのようです。

25歳のときに、外科のお医者さんから「あなたの骨盤は少しずれているから、腰には気をつけなさい」と言われた私ですが、慢性的な腰痛にもギックリにもこれまで無縁でこられたのは、寝起きの背伸び体操を続けてきたからではないかと思います。

朝の起き上がり方を教えてくださった中村翫右衛門先生に、今さらながら感謝です。この体操は何十年、一日も欠かしたことがありません。

人が教えてくださることは聞き逃さないことですね。よいと思うことは「いただき!」と自分の知恵袋に入れて、まじめに実行し続ければ、必ず、自分の薬になったり、栄養になったりするものだと思います。

日々の冷え予防と気合いで風邪退治

体のことで、ほかに気をつけているのは、冷やさないこと。特に首、膝、足首の冷えは禁物です。

夏場でも、いつも首に薄いスカーフを巻いています。首の後ろがわ〝ぼんのくぼ〟という頭のつけねあたりを冷やさないためです。ここが冷えると、肩や腕、上半身全体が固くなるように感じます。

ソックスも足首が隠れる丈のものでくるぶしまで覆います。冷房がきいている部屋や、気温の低い季節は、さらにソックスカバーを重ね履きすることもあります。宇宙船に乗り込む女優の風情です。

膝にはサポーターをしています。家の中でのよい運動になるので、階段をいとわず上り下りするのですが、サポーターはそのときの膝のブレ予防、衝撃の緩和の役目も果たしてくれますし、もちろん冷え予防にもなります。

どれも健康法というほどおおげさなことではなく、日常の中でほんのちょっと気をつけるだけですが、こうしたことを続けることが、自分の体を守ることにつながっているのかもしれません。

ですから、私の健康法を強いて言えば、トレーニングで鍛えるという積極的なことと、日常の生活の中での用心の地道な継続、ということになりそうです。

そして、あとは気合いです。

くしゃみが2、3回出たりして、風邪の気配を感じたときなどは、「来たら承知しないわよ！　今、来られると、私、困るのよ！」と、体に「ふんっ！」と気合いを入れて、きっぱりと拒みます。そうすると、風邪の菌が聞き分けてくれるのか、自己暗示で私自身の免疫力が高まるのか、いつのまにか風邪の気配はどこかに飛んでいってしまいます。

〝体の軸〟のおかげで転ばなくなった

体は正直なもので、トレーニングを続けていると、ちゃんと効果が現れてきます。一番自分で実感していることは、身体がぶれにくくなり、転ばなくなったことです。

「今日はなんだか足がひっかかる感じがするな」と思ったら、「そうか、足が重いから上がっていないのだな」と自分で気づきます。

そうすると、足を持ち上げようと体が自然に動いていく。体が危険を感じて、体が修正する。その〝感覚〟がよくなった気がします。

バランスボールの上に体をのせて動かすというトレーニングをやるときなど、

「私、こんなことできなくていいのよ。あなた私をサーカス団に入れるつもり？」

などと、ついトレーナーに憎まれ口をきいてしまいます。

でも、敵もさるもの、

「サーカスにもまだ売れません！　安心してやってください！」

と笑いながら、トレーニングを続けます。

バランスボールの上で体を動かしていると、バランスが崩れる。崩れたバランスを体は戻そうとする。その感覚が〝体の軸〟を作ることにつながり、体の軸がしっかりしていると転びにくい、ということなのだそうです。

トレーニングをやっていなかったころと、今では、体の軸の感覚が違うことが自分でもわかります。

だから、できればパスしたいバランスボールでのトレーニングだけど、憎まれ口をたたきながらでもやるしかないか、と思っています。

また、しっかり呼吸するということも本当に大事なことだと思います。

以前、舞台の最中に、ぐるぐると目が回ったことがありました。

「倒れたらどうしよう、芝居の途中で幕を下ろすことになる？」

と、気持ちもあせってパニック状態。

それで、相手役の方が台詞《せりふ》を言っている間にとにかく苦しまぎれに深く呼吸をして、酸素を吸い込みました。それで持ち直すことができました。

あとで、マネージャーだった母にほめられました。

心身ともに緊急のときは、まず酸素をとり入れることですね。

よい睡眠は長さより質が大事

毎朝、私はお仏壇に手を合わせるのが日課で、そのときに自分の心の状態がなんとなくわかるのですが、人生って、毎日、毎日がこんなにも違う心持ちで過ぎていくものなのか、と不思議なような気もします。

「今朝のこの気分でいつもいられたらいいのに」と、時々、自分なりの理想的な心の状態を感じる朝があります。

そういう朝は、たいてい、よい睡眠がとれたときです。目が覚めて、ベッドの中で体を伸ばしながら「あ〜、よく寝た！」と、思わず声に出して言っています。気持ちがすっと落ち着いて、心の中も曇ることなく、今日一日をよく過ごせる気がしてくるのです。

そんなよい睡眠に大事なのは、睡眠時間の長さより〝質〟。だけど、毎日、質のよい眠りをとることがなかなか難しい。早寝早起きが体にいいとわかってはいても、私は〝夜女〟なのです。夕方から深夜にかけてが、一番、ものをじっくり考えることができる時間帯です。

あとで読もうと、まとめてとっておいた新聞を読んだりしていると、時間はあっというまにたちます。

テレビだとドキュメンタリー番組が好きで、『世界遺産』（TBS）とか、『プロフェッショナル 仕事の流儀』（NHK）など、興味のあるテーマのものを観始めると、あともう少し、あともう少し、と結局、最後まで観ることになります。

「読みたい、観たい」と「寝なきゃいけない」のせめぎあいです。

仕事のスケジュールが立て込んでいない時期であれば、つい、夜ふかしをしてしまっても、「ま、こういう日もあるわね」という程度のことですが、仕事を控えた前の日となると、そうはいきません。

「絶対に早く寝なきゃ！」と強く思うときほど、余計に寝つきが悪くなるのがやっかいなところで、舞台公演中にそういう状態になることが時々あります。

長年やっている仕事ですから、その日の舞台が終わって、家に帰れば、リラックスモードに切り替える術《すべ》は身につけているつもりですが、それでも、舞台の空気やシーンの残像が体からスパッと離れるわけではなく、妙に頭が冴《さ》えたり、気持ちが高ぶったりして眠れないことがあります。

そんなときは入眠剤を飲むこともあります。お医者さんに処方してもらった薬を、指定の量の4分の1の量だけ飲んで、ベッドに入ります。

そのことを話すと、お医者さんは「その量で効くわけはないですよ」とおっしゃるのだけど、私には効くのです。

自己暗示なのか、なんなのか、飲んでしばらくすると、ふわっと眠気がくるので、その眠気に身をまかせる感じで寝てしまいます。

よい眠りをとることは、役者の大事な仕事のひとつです。

アスリートたちの精神集中と孤独に興味がある

眠ることも含めて、心身のコンディションを整えておくということは、私にとって、仕事の一部、それも、基礎として重要な一部です。

テレビでアスリートたちのドキュメンタリーをやっていると、真剣に観てしまうのは、あの方たちとわかりあえることが多そうだし、あの方たちの実行していることからヒントを得ることもあるからです。

「どういう寝方をして、どういうものを食べているのだろう?」

「毎日、どんな生活リズムなのだろうか?」

「苦しい練習はどうやって乗り越えるのか?」

「周囲からのプレッシャーにはどう対応しているのか?」

「精神的に真っ暗闇に落ちたとき、どうやってそこから這《は》い上がるのか?」

「興奮したときは、どうやって冷めさせるのか?」

そういうことを考えながら、観ています。

そして、いつも思うのは、一流のスポーツ選手、アスリートたちに共通しているのは自分で獲得した方法をコツコツと続けているということ。

彼ら、彼女らには〝努力する〟というすごい才能があるのですね。

大リーグで活躍していたイチロー選手のドキュメンタリーを観たときもそんなふうに思いました。

彼は確かに天才だけど、同時に、大変な勉強家で研究家なのだな、と。

特に興味深く感じたのが、イチローさんの集中の仕方です。

バッターボックスに立ったとき、自分の力を最大限に発揮するために、どうすれば一番精神を集中できるか。そのための〝体と心の持って行き方〟を、この人はとことん追求したのだろうなと思います。

バットを構えるときに、ユニフォームの袖をちょっと上げる動きも、そのひとつなのでしょう。ご本人に会って聞いたわけではないので、あくまでも私の推測ですけれど。

バッターがバッターボックスに立つときは、私たちの仕事でいえば、舞台の本番直前。ここぞというときの〝体と心の持って行き方〟、集中力の高め方は、俳優のだれもがいろんな方法を考え、ためしてきたことだと思います。

私の場合は、開演1時間ぐらい前から人と会わないようにします。30分前からは、付き人もドアの外の椅子で待機してもらって、楽屋でひとりきりになります。

そこからが私の集中タイムです。余分なものを目に入れず、耳にも入れず、自分がこれから辿《たど》る、2時間なら2時間の舞台のことだけに神経を集中させます。劇場内の様子がわかるモニターやスピーカーもスイッチは切ります。劇場のざわめきから遠く離れて、静かな時間の中に身を置く。その時間は私が役の中に入っていく助走のところです。

5分前になると舞台の袖へ行きます。舞台の袖は真っ暗だけど、客席のざわめきは耳に入ってきます。共演者たちと、「どうぞよろしく」と声をかけあったあと、舞台の袖の少し奥まったところに行って、直前の集中に入ります。軽く腕の上げ下ろしをしたり、口を大きくあけて顎《あご》の〝蝶番《ちょうつがい》〟を動かすなどして、体の余分な力を抜きます。水泳の選手が、飛び込む前に体を揺らしたりするのと近いかもしれません。

それから付き人が私の後ろに回って、背中を〝ドン！〟と叩いてくれます。

次の瞬間には舞台に立っていて、音楽が鳴り響き、目の前にパーッとお客さまがいらっしゃる。自分が役の中に入っていく瞬間です。

舞台に出たら最後、もう、ひとりきり。共演者もいれば、目の前にはこんなにたくさんのお客さんがいる。だけど、本当に孤独の世界です。私の体を使って動いて、役を最後まで演じきることは、私ひとりでやりとげるしかない、という意味で。

アスリートの人たちも似たような孤独の世界の中にいるのではないか。あの人たちの闘う姿を見ると、そんな気がするのです。

「お疲れさま」から「おはようございます」の間が勝負

長年この仕事をやってきても、毎回、舞台は怖いものです。

ずいぶん前、あとにもさきにも一度だけ、舞台に出るのが怖くなって、トイレに入ったきり、外に出られなくなったことがあります。

「ああ、今日は怖くてできない。早く家に帰りたい。逃げ出したい」……、そんな思いに襲われました。

それでも、舞台に出てしまうと、まるでなにごともなかったかのように、最後まで演じきることができたのですが、あのときの怖さは今も忘れられません。

公演期間が長いときは、舞台の上で芝居に集中するための精神的な緊張感を保ちながら、それ以外の時間はうまくリラックスして、心身を整えることが大事になってきます。

お客さまが役者をごらんになるのは、舞台の上で演じているときの姿ですが、実は「お疲れさま」から、次の日の「おはようございます」の間が、私の勝負どこ！そこをちゃんと生きているかどうかで、いい舞台ができるかどうかが決まるのです。

睡眠や食事、体のケアなどの健康管理を日々怠らないこと。それが最優先ですが、同じぐらい必要なのが、精神的にストレスをためないことです。

ミュージカルの舞台が2ヶ月あまり続くときなど、ちょうど中日あたりで、みんなで今日は飲もうか、ということになります。みんな解放されたいわけです。ワーッと飲んで、話も盛り上がる。気持ちは発散することができてすごくいいのだけど、大きな声でしゃべりすぎて、喉をからしたりして困ったことになります。

体に悪い影響のないストレスの発散法をもっていないと、身がもちません。

ですから、私のストレス発散は、「お疲れさま」と劇場をあとにしたら、家の中ではとことん自分自身をワガママにさせることです。

家に帰ったら、パジャマ姿でOK。誰にも気をつかわず、気をつかわれることもなく、ゆったり過ごしているうちに、心身の緊張がほどけていきます。

一役買っているのが、愛犬のマロです。8歳の黒のラブラドール犬です。生まれたときにつけられた名前は「マロン」だったのだけど、縁あって、うちに来たとき、「マロ」と改名しました。

うちに来た翌朝、彼は私のベッドに音もたてず上がってきて、隣で静かに眠っていました。その様子が、平安時代に姫君をたずねる雅《みやび》な殿方のようだったので、「麻呂＝マロ」にしたというわけです。

マロは本当に気の優しい、おだやかな性格です。私がクタクタになって帰ってきたときも、いつもと同じ顔でニッコリ笑って、「おかえりなさい」と迎えてくれます。それがなによりも私をリラックスさせてくれます。

犬は言葉を使ってしゃべらなくてもよいのがラクです。それでいて、こちらの気持ちをとてもよくわかってくれる。

同居するのに最高の相棒です。

「今日一日をよく生きなさい」

同居人といえば、両親とも亡くなり、一緒に暮らしているわけではないのに、今も、両親が近くにいてくれるような気がします。

毎日、朝と夜、お仏壇にお灯明《とうみょう》とお水をあげて、手を合わせているのですが、それ以外のときにも、亡き母にはしょっちゅう話しかけています。

私が子供だったころから、母はよく、「今日一日をよく生きなさいよ」と言っていました。

よく生きる、というのは、気持ちを前に向けて、元気に、やるべきことに力を注いで一日を生きるということ。その日、その日、一日の中にも山坂があり、それをちゃんと乗り越えて、夜、無事に眠りにつくということ。

その思いを今も私は抱いて、毎日を生きていると思います。

だから、朝は、

「どうかお母さん、今日一日をよく生きられますように」

と、お願いをします。

夜は、日によって違います。

夏の暑い日など、外に出るのもおっくうで、うちで昼寝をしたり、本を読んだりして過ごした日など、なんだかさぼったような、反省したい気分になります。

そういうときは、

「今日は一日、よく生きたとは言えないかな？　一日、無駄にしちゃったかな？　でも、こういう日があってもいいよね、お母さん」

と、言い訳半分に語りかけてみます。

すると、母が、

「そうよ。いいのよ、光子ちゃん、無駄も必要よ」

と、言ってくれているような気がします。

別の日、ちょっとがっかりするようなことが起きたときなどは、

「見ていたでしょう？　今日の出来事、どう思う？　私としては一生懸命やってみたのだけど、どうもうまくいかなかったわ」

と、ちょっと弱気で話すと、

「一生懸命やったのだから、それはよく生きたのよ。明日もがんばりなさい」

と、言ってくれている気がします。

こんな〝対話〟が私の心のコンディションを整えてくれているのだと思います。姿は見えないけれど、亡き母は私のメンタルトレーナーのようなものです。

ひとりで思い悩めば、暗い気持ちに沈み込むこともあるでしょう。かといって、ことあるごとに、人に愚痴を聞いてもらい、なぐさめてもらうわけにはいきません。それに、こちらの希望どおりになぐさめてくれる人は、そうそう都合よくいるものではないですよね。

だから、心の中で会話できる相手がいるということはありがたいことです。真夜中でも、旅先でも、いつでも、どこでも、話すことができるのですから。

第2章　〔美容とおしゃれ〕私らしく楽しみたい

丸坊主がきっかけで、髪を染めなくなった

「きれいな白い髪ですね」とほめていただくことがあります。髪の毛を染めなくなって、かれこれ10年ぐらいになるでしょうか。

自分でもこの白い髪は気に入っています。

実は、10年よりももっと以前から、私は「いつ髪を染めるのをやめようかな」と、ずっとチャンスをうかがっていました。

白髪に対して、私は憧れのようなものがありました。父がまっ白な髪でしたし、白髪の男性は理知的な感じがして好きなのです。女性も、白髪まじりの素敵なヘアスタイルの人を見かけると、あら、いいわ、とつい目で追います。

けれども、女優という仕事がら、白い髪にするとなると、役柄が偏《かたよ》ってしまうのではないかとか、私のキャラクターには合わないのではないか、などの心配もあって、白い髪がかなり増えてきてからも、黒く染めている期間が続きました。

転機になったのが、2002年の舞台『W;t（ウィット）』（※）でした。

※「がんとの闘病」を、機知（＝ウィット）のある台詞で描いた感動作。

私が演じたのは、がんにかかり闘病している女性で、抗がん剤の治療で髪の毛が抜けるという設定でした。

その役を演じるとき、私は自分の髪の毛を全部剃《そ》り、芝居の公演中は、1、2ミリ髪が伸びてくるとすぐ剃って、坊主頭で過ごしました。

公演が終わって、頭を剃らなくなり、髪がほんの少し伸びたころ、たまたまNHKの『ためしてガッテン』（当時）に出演することになりました。ベリーショートどころか、ベリーベリーショートで、しかも白い髪。人さまをギョッとさせてはいけないだろうと思い、カツラで出ようと思っていました。

ところが、衣装を用意してくれるスタイリストさんから、

「その頭、おしゃれですから、そのまま出てください」

と、言われました。

日本全国に私の坊主頭を見せることになるのね。人間、丸出しになるわ。と、一瞬、心の中で思いました。

でも、私の口から出たのは、

「あらそう。それなら、このまま出ましょう」

という言葉。我ながら、あっさりと決めたのでした。

その『ためしてガッテン』を観てくれた知人たちからは、私のベリーベリーショートの白い髪は、かなり好評でした。

NHKにも、「草笛光子さんの白髪、素敵です」というご感想や、「草笛さん、なにか心境に変化があったのですか」という問い合わせなどもあったそうです。

心境の変化というより、ちょっとした踏ん切りがついただけのことです。

白い髪で心は解放、無敵の自然体に

そんなわけで、70歳になる少し前ごろから、白い髪のままでいるようになったのですが、こんなにも、と思うほど心が解放され、気が楽になりました。

「髪を染めなければいけない」と思っているのと、「このままでいいんだわ」と思うのでは、こんなにも心持ちが違うのですね。

私はもう自然体だ、自然のままに生きていけばいい。そう思えてきました。こうなったら、「なんでも来い！」という心境です。

自然体というのは、なによりも強いものかもしれません。

白い髪にしてよかったことはほかにもあります。いろんな色の洋服が似合うようになりました。

私は若いころから、黒と茶を合わせるのが大好きでした。いわゆる、渋好み。色のあるものでも、たいてい中間色。鮮やかな色のものを着ることはほとんどありませんでした。

ところが白い髪にすると、鮮やかなピンクだとか、はっきりとしたブルーがよく映《は》えるのです。あら、いいじゃない、と自分でも思って、明るい色の洋服をどんどん着るようになりました。派手な色が平気になったのは、我ながら、びっくりです。

先日、銀座のあるお店で食事をしていたら、昔から知っているそのお店のマダムが、

「草笛さんは、いつも素敵なおしゃれをしてらっしゃるわ」

と、ほめてくださいました。

なんのことはない、白のブラウスに、黄色からグリーンへのグラデーションに染めてある薄い生地のショールをかけていただけなのですが、髪が白いと、淡いきれいな色も映えるように思います。

そのとき、私は髪の毛を黒いゴムではなくて、白いゴムで束ねていたのですが、

マダムにいわせると、「そういうところもおしゃれなのよ」とのこと。

そんなことでほめてもらえるとは。人は意外なところも見ているものだなと、面白く思いました。

また、白い髪の女性から、

「私、草笛さんの真似《まね》をして、白いままにしているのですよ」

と、声をかけられることがあります。

その方たちが、ご自分に似合う、きれいな色の洋服を着ていらっしゃる姿を見て、白い頭は女性を華やかに見せるものだなと思いました。

それからもうひとつ。白い髪のままでいるようになって、よかったと思うのは頭皮が健康になったこと。染めていたころ、頭皮がむけて、ガサガサになったことが何度かありました。

薬品を使って、髪を染めるということは、髪の毛だけでなく、頭の皮膚にもかなり影響していたのかもしれません。

考えてみたら、頭も顔も〝地続き〟。頭皮を自然で健康な状態にしておくことは、顔のお肌のためにもよいことかと思います。

今は、髪の手入れといえば、シャンプーをして、乾かすだけ。それだけで、さらさらでツヤのある髪を維持できています。

女性のキャラクターは髪と眉で決まる

役を演じるとき、その女性がどんな女性なのか、台本を読みながら、いろいろ想像をふくらませます。

「この人は、どういう性格なのか？」
「どんな生き方をしていたのか？」
「この行動を起こすまでに、どんなことを考えていたのか？」
「この人の人間関係は？」

そんなふうに、その女性の人物像を自分の頭の中で描いていきます。それと同時に、その人の外見も、だんだん浮き上がってきます。

そのときの決め手になるのは髪形です。「この女性はこんな髪形だ！」というイメージがくっきりと浮かんだら、演じるべき女性の輪郭がつかめたような気がします。

そのくらい、髪形というのは、女性のキャラクターを表すといってもオーバーではないのです。

2007年にNHKの連続テレビ小説『どんど晴れ』で、加賀美カツノという旅館の大女将の役を演じたときは、ボリュームのあるアップスタイルにしました。前の髪にうねりをつけた、レトロなスタイルで、迫力のあるなかなか個性的な髪形です。白髪と黒髪をミックスさせて、色の加減にもかなりこだわって、カツラをこしらえてもらいました。おかげで、老舗旅館の大女将の風格そのもののような髪形になったと好評でした。

着物姿という点では共通する役ですが、2010年にNHKのドラマ『セカンドバージン』で、眞垣秀月という女流作家の役を演じたときは、髪形は耳の下あたりで切りそろえたモダンなおかっぱスタイル、今風にいうと、ショートボブのカツラにしました。この女流作家は自分の担当だった、鈴木京香さん演じる美人女性編集者をいきなり谷底につき落とすようなむごい仕打ちをする人。アクの強い、強烈なパワーをより強調するために、個性的なデザインのメガネもかけることにしました。役者は同じ草笛光子でも、このふたりの女性、大女将と女流作家は、まるきり別人に見えたと思います。髪形というのは、外見を大きく左右するものだとあらためて思います。

役に合わせて〝顔〟をつくるとき、一番こだわるのは眉です。

眉は、顔の中に占める面積はほんの小さなものですが、与える印象はとても大きいものです。女の顔は眉で決まる、といってもいいくらいです。

おしとやかで古風な感じの女性のときには、細めの眉で眉尻を少し下げ気味に。気の強い、はっきりとした性格の女性だと眉山のはっきりした、キリリとした形に。わかりやすくいうと、そんな感じです。また、ひと口に「下がり眉」といっても、眉の太さ、下げ具合など、ほんのわずかな違いで、品よく見えることもあれば、やぼったくなってしまうこともありますから、眉はあなどれません。

長年のつきあいで、ツーカーで話の通じるメイクさんと、

「今回のこの役の女性、どうする？　私はふわ〜っとした感じだと思うのよ」

「あ〜、そうですね。墨絵ですね」

「そうね。そこにピンクと薄紫のかすみがかかったような……」

などと話しあって、工夫するのも楽しいものです。はたで聞いている人は、何に

ついての打ち合わせかと怪訝《けげん》に思うかもしれないけれど、こうしたやりとりで、その女性のキャラクターに合った眉が決まることもあります。

ちなみに、一番難しいのは、〝ふつうの奥さん〟役の眉。特に家の中のシーンで、お化粧をしているような、していないような顔にするのは、意外とテクニックがいります。個性的なキャラクターの役のほうが、芝居も顔の化粧も、メリハリをつけることができて、やりやすいように思います。

ところで、女性を一番きれいにみせる〝美人眉〟とは、どんな眉か。

こればかりは、ひとつに決めようがありません。それぞれの人の顔のほかの部分とバランスがとれてこそ、ですから。

けれど、眉で顔の印象がずいぶん変わることは間違いないですから、ためしに、いつもとは違う眉の形に描いてみてはどうでしょう。

「あら、こっちのほうがきれいに見える」

という眉を発見することもあると思います。

手が覚えていて、ずっと昔からやり慣れている化粧をそのまま続けているという方も多いでしょう。

でも、女性にはせっかく化粧という〝技〟があるのですもの。いくつになっても、工夫を重ねて、発見を楽しむことが、その人らしい〝きれい〟につながると思います。

シンプルな手入れをコツコツ続けるのが私の美容法

その昔、森繁久彌《もりしげひさや》さんに、「草笛光子という女優は、石鹸のにおいのする女だ」と言われたことがあります。よくとれば、清潔感のある女だということなのでしょう。

実際に、私は石鹸が大好きなのです。クレンジング、顔の石鹸、体の石鹸、髪の毛用のシャンプーなど、洗ってきれいにするものは買うのも使うのも楽しみです。

お肌の手入れも、一番の基本は汚れをとることだと思っています。どんなに疲れていても、クレンジングでちゃんとお化粧を落とします。そのあと、石鹸を泡立てて、よく洗って、蒸しタオルで顔をふきます。さっぱりとして、気持ちがいいですね。

ただし、石鹸でごしごしと洗いすぎると、乾燥の原因になり、肌によくないらしいので、このごろは、石鹸で洗顔しない日もあります。かわりに、コットンに化粧水をたっぷりふくませて、ていねいにふきとります。しっかり汚れを落としたあとに、肌に化粧水で水分を、美容液とクリームで栄養を与えます。

お肌に関しては、こんなふうなシンプルな手入れを、長い間、毎日変わらず続けています。

今は、医療の技術が進んで、しわとりやリフトアップなど、いろんなことが簡単にできるようになったことは知っています。でも、私はその方法はとりません。だって、簡単にきれいになったら、努力をしなくなるじゃないですか。

なににつけても、私は努力をするのが嫌いではないのです。努力し続ける人でありたいと思っています。

だから、自分の手でできることをコツコツと続けるのが私流の美容法です。

一年中日焼け予防をし続けて、50年

若いころに、仕事で、歌舞伎の役者さんたちとご一緒する機会がありました。ラ

ジオドラマの時代劇というのがあって、声で共演するのです。

そんなご縁から、歌舞伎役者の方々から、よくしてもらったものです。

松緑《しょうろく》さん（二代目尾上《おのえ》松緑さん）には、特にかわいがっていただきました。

若いというのは、こわいもの知らずなものです。私は松緑さんの芸もお人柄も大好きだったものですから、あるとき、松緑さんに、

「私のおじさんになってください！」

と頼んだことがあります。私にはおじも兄もいませんので、とてもほしかったのです。

「おじさんかい？　おじさんっていうのは、なにをすりゃいいんだい？」

「お芝居を観せてください」

「ああいいよ」

というわけで、よく一番前の席で芝居を観せていただきました。

楽屋にもしょっちゅう寄らせていただいて、松緑さんが顔をこしらえていらっしゃるところを間近で見せていただいたことも何度かあります。

「指は最高の化粧道具だよ」

なんておっしゃりながら、両手の指に、黒やら、赤やらつけて、さささっと動か

すうちにみごとな顔が仕上がり、あっけにとられたものです。

そんな松緑さんのひとことに、あるとき私はハッとしたことがあります。

「女形が、鼻の頭が日焼けして、おしろいが浮いてるんじゃ、興ざめだね。役者として生きるなら、舞台にさしさわる遊びはするな。玉三郎を見ろ」

と、おっしゃったのです。

そのとき共演していらした、女形の役者さんがゴルフに夢中で、日に焼けてらしたようです。

歌舞伎の女形も女優も同じこと。共演者を興ざめさせるようじゃ、いけません。

当時、私も時々、ゴルフをしていたのですが、松緑さんのそのひとことを聞いた日にゴルフ道具一式、すっぱり処分してしまいました。

以来、普段も日に焼かないように、できるだけ気をつけるようになりました。外に出るときは、夏場にかぎらず、日焼け止めを必ず塗ってからお化粧をします。また、日焼け予防に効果があるという、ビタミンCの成分の入っている薬用化粧品を使ったりもしています。

気がつけば何十年間も、一生懸命、日焼け予防をこころがけてきたことになります。

お肌の手入れで大事にしているのはなんですか、とこのごろよく聞かれるのですが、あらためて思い返してみると、日に焼かないこととといえそうです。

「組み合わせる」のがおしゃれの楽しみ

洋服に関しては、私は〝ケチ〟だと思います。毎年の流行に合わせて、洋服を買うということはほとんどないです。

好きなブランドはあるにはありますが、まともに買うには高価なので、セールで買ったりします。先日も、好きなブランドの80%オフのセールに、親しいスタイリストさんと一緒に行って、「これは使えるかしら」「いや、やめたほうがいいですよ。意外と使い道が広くないかも」などと言いながら、いくつか選んだところです。

「使える」かどうかが、私が洋服を選ぶときの大事なポイントです。たとえば、シンプルなロングスカートなら、上に合わせるブラウスによって、あでやかでエレガントな印象になることもあれば、シックで落ち着いた感じにもできる。そういうスカートは、〝使える一枚〟です。

カラフルで大胆な柄のスカーフをさっとはおると、とたんに華やかな印象になるような、絵画でいえば白いキャンバスの役目を果たす、白っぽいベーシックなセーターなども〝使える一枚〟です。

逆に、私が選ばないのは、豪華一点主義的なワンピースやスーツ。何十万円もするようなスーツはたしかにゴージャスで人目をひき、ある意味、女優らしいのかもしれません。

だけど、それだけに、一回着ると、見た人は覚えているから、同じものを次に着ると、「また、あのスーツ？」ということにもなりがちです。豪華で完成度の高いワンピースやスーツは、他のものと組み合わせる余地がなく、「使い道」が限られることも私にとっては、面白くないのです。

いろいろ細かく買った洋服、アクセサリー、靴をコーディネイトして、「あら、この手があったのね！」という発見が嬉《うれ》しくて、それこそが私のおしゃれの楽しみです。

ドレスアップして人前に立つときだけでなく、日常の装いでもそれは同じこと。先日は、普段着としてよくはいているラクちんな黒いスラックスに、好きなブランドのセールで買ったTシャツを合わせてみました。

カジュアルなTシャツとはいえ、おろしたてを着る日は気持ちが華やぐものです。もうちょっと何か足してみようかしら、とアクセサリーボックスをのぞいてみたら、ちょうどよさそうな茶色の色石をデザインしたイヤリングがあったので、つけてみると、思った以上にぴったりでした。

何十年も前に買ったイヤリングが、こうして今のコーディネイトに活用できたことで、なんだか得したような、楽しい気持ちになりました。

ささやかながら、おしゃれの楽しみはこんなところにもあります。

一見ムダでも役に立つから、昔の洋服も捨てない

このごろ、「片づけ」や「断捨離《だんしゃり》」という言葉をよく耳にします。本当に必要なものしかもたず、ムダなく、すっきりと快適に暮らそう、ということのようです。

快適に暮らしたいのは同感なのですが、私の場合は、「これは必要、これはムダ」と単純に決められず、物を減らすことがなかなかできないでいます。

洋服やアクセサリー、小物の類《たぐい》がその代表です。

たとえば時代背景が終戦から10年ぐらいたった昭和の日本、という設定だとします。その設定に合わせて、衣装担当の方が、私が演じる女性が身につける洋服から小物まで探してきてくださいます。

私は台本を読みながら、自分が演じる役のこの女性は、どんなかっこうをしていたかしら、とか想像をめぐらせます。

そんなとき、「あ、あのジャケットがぴったりじゃないかしら」と、洋服ダンスのすみのほうで眠っている古い洋服を思い出して、ピンとくることがあります。

それを持っていくと、衣装担当者が「まさに、こういう感じのものを探していたのです。草笛さん、よくぞ、とっておいてくださいました」と喜ばれることが、けっこうあります。

プライベートで着る機会はなくなった時代おくれの洋服が、こんなふうに役に立つことがあるから、「ムダ!」と決めつけて捨てるわけにはいかないのです。

収納のスペースをとるのが困りますが、「あの洋服があったらよかったのに。あ～、なぜ捨てちゃったんだろう」と後悔するよりはましなので、女優を続けている限り、もっている洋服を大幅に減らすことはなかなかできそうにありません。

　そんな事情で、減らない洋服を、これまでは家のあちこちに収納していたのですが、あちこちから、着るものを出して、ためしに着てみて、ちょっと違うかしら、と思ってまた別のものを探す、などとやっていると、体力も時間も使い、出かけるまでにヘトヘトです。

　そこで、自宅のリフォームの機会に、ひとところに洋服をまとめて収納できるように、専用の部屋をつくることにしました。

　部屋の真ん中に立てば、全体を見渡せるようにハンガーラックを配置してもらい、洋服は、季節やアイテムで分けるのではなく、色で分けることにしました。こちらには白っぽいもの、あちらには黒っぽいもの、そして間に、色のものをいろいろ。

　こうしておくと、洋服を組み合わせるのにとても便利です。

「上半身がちょっとさみしいから、中に色のものを組み合わせたほうがいいかしら」

　なんていうとき、いくつかの洋服をパッパッとあててみて、一枚を選ぶということが素早くできます。

　それに、いつも、全体を見渡して、どこになにがあるかが把握できているおかげで、同じようなものをまた買ってしまう、ということも防げます。

この収納のしかたが気に入ったので、今後はあまり洋服は増やさず、このスペースにおさまる量にとどめておきたいと思っています。ケチだから。

第3章

〔女優人生〕こわいもの知らずで挑み続けてきた

サンルームで過ごした、虚弱体質児童だったころ

自分が女優を60年もやってきたことを、ふと不思議に思うことがあります。ひと前に出ると口もきけない、目も合わせられない、そんな子供でしたから。今も、その〝原型〟のようなものが私の中にあると思います。けれど、ひと前に出ると口もきけないような性格だったからこそ、女優をやってこられたのだという気もします。

女優であれば、「役」の後ろに自分は隠れていることができます。私自身の前に「役」があって、役を通してなら、私はのびのびと、自由でいられます。

草笛光子というのは本名ではなく、芸名なのですが、これもまた、私の「役」です。演劇やドラマの登場人物を演じることとは違いますが、草笛光子という役を、私は責任をもって、しょい続けています。

そのような「役」があるから、しゃんとした自分でいなければと思うし、人生の山坂を越えて生きてこられたのではないかと思います。

自分でも気がつかないうちに、「女優であること」と「生きること」がひとセットになっていたようです。

それにしても、子供のころの記憶を辿ると、まず、思い浮かぶのが〝虚弱児童〟だった自分の姿です。

夏が大嫌いでした。校庭での朝礼で、校長先生のお話を聞いていると、目の前が真っ暗になって、気持ち悪くなって、その場に座りこんでしまう。すぐに医務室につれていかれて、横になる。そういうことがよくありました。

別の学校に移ってからは、1週間通ったら、次の1週間は休むというサイクルで学校に行っていました。校舎の上階に、〝サンルーム〟と呼ばれていた日当たりのよい、虚弱児童のための教室があって、私はそこで授業を受けていました。

学校と家を往復するだけでせいいっぱいで、そのころは、お稽古事はなにひとつとして、やっていませんでした。

そのあと、女学校を受験することになりました。その女学校は、神奈川県に最初に創立された県立高等女学校で、当時、〝県下一の才媛《さいえん》が集まる学校〟という評判の女学校。それほど勉強熱心なほうではなかった私には難しい学校だから、受験は気がすすまなかったのですが、父に「受けなさい」と言われ、試験を受けました。私には、どうしてだか、険しい道を選んでしまうクセがあるようです。そして、どうしてだか、試験運には恵まれている。受験勉強はちっとも足りていなかったのに、合格してしまいました。青天の霹靂《へきれき》でした。

さて、私が入学した「神奈川県立横浜第一高等女学校（現・横浜平沼高等学校）」は、自宅から電車で一駅のところにありました。ところが、その一駅分、私は電車に乗ることができませんでした。家族以外の人に声をかけられるとビクッと身構え、人と目を合わせて話すことさえできなかった当時の私にとって、大勢の人と一緒に狭い箱に閉じ込められる電車という空間は恐怖そのものだったのです。

そこで、歩いて、学校に通うことにしました。一駅分とはいえ、4キロか5キロの距離を毎朝歩くのは、最初のころは辛いものでした。電車に乗ることができない自分が弱い人間に思えて、情けないような思いもありました。

ところが、毎日歩いて通っているうちに、歩くことが気持ちよくなりました。ひとりで、朝、歩いていると、新鮮な力が湧いてくるような気がしたものです。

そのころから、私の体は少しずつ丈夫になっていったのだと思います。気がつくと、〝虚弱体質〟の女の子ではなくなっていました。電車に乗れなかったおかげで、体が丈夫になったというわけです。

私という人は、弱点は多いのだけれど、なぜか、弱い部分が逆転して、結果的に幸せの方向に向かっていく、ということが多い気がします。

女学校時代の徒歩通学も、そんなエピソードのひとつです。

女学校から未知の世界の松竹歌劇団へ

徒歩通学のおかげで、体は丈夫になり、女学校では、私は舞踊サークルに入っていました。ピアノの伴奏に合わせて、自分の体で自由に表現をする、〝創作舞踊〟というのをやっていました。なにかを表現したいという気持ちが自分の中にあったのかもしれません。

同じサークルに、岸惠子さんもいました。芸能界での友達というより、女学校時代からの友達なので、長いつきあいです。

クラスメートやサークルの仲間と話すようになり、友人もできましたが、人見知りな性格は根本的には変わっていなくて、人前にすすんで出ていくタイプではありませんでした。

ところが、ある日、友人のひとりが、松竹歌劇団の試験の記事を私のところに持ってきて、「これ、受けてみてよ」と言うのです。間髪入れず、私は「いやよ」と答えました。

だって、私は歌劇団というものがなんなのか、そのときまったく知らなかったのです。歌劇というからには、芸能界なのだろうということぐらいは予想がつきましたが、どんな人がなにをやるところなのか、見当もつかない。それでも、友人は、「いいから、とにかく、受けるだけ受けてみてよ」とねばるのです。

そんな友人の説得に根負けした感じで、予備知識ゼロのまま、松竹歌劇団の試験を受けに行きました。

なんでも、合格するのは60人にひとりだとか。試験会場を見渡すと、ほかの女の子たちは口紅をつけているし、パーマもかけているし、私と同い年くらいなのに、みんなずいぶんおしゃれだなとビックリしました。私はといえば、化粧っ気なしで、髪の毛は三つ編みにゴムひも、まったく素朴なものでした。

もとより、試験に受かるわけがないと思っていたので、試験会場での待ち時間には、女学校の教科書を開いて、学校のテストのための勉強をしていたほど、のんきなものでした。それなのに、受かってしまったから大事件です。

人生で初めて、自分自身での決断を迫られた局面だったと思います。自分では想像もしていなかった進路でしたが、体操の先生に相談したら、

「ぼくがだまっていてあげるから、休学にしておいて、一ヶ月間歌劇団に通いなさい」

と、言ってくださいました。

そして、

「受かったのだから、この道に進んでみよう。誰に強制されたわけではなく、今、決めたのは自分なのだから、責任をもって歩いていこう」

と、考えたことを覚えています。

ただ、当時、私が通っていた女学校で芸能界に進んだ人はいなかったこともあり、学校の先生方や周囲の方々が、私の母に対して、

「なんで、そんなところへやるのですか？」

「芸能界というのは、水商売すれすれのところなのに」

などとおっしゃるのを耳にしました。あのころは、今とは違って、芸能界に対する偏見があったのでしょう。私のために、母は人から非難めいたことを言われて、

申し訳ないなと思いました。

それと同時に、そこまで人に言われるのだから、恥ずかしいようなことは絶対にすまい、この道をしっかり歩いていかなくちゃと思いました。

もちろん、未知の世界で自信はまったくありません。相変わらず、性格は内気でおとなしい女の子のままでした。そのくせ、覚悟だけは決まっていたと思います。

女学校をみんなと一緒に卒業したかった……

松竹歌劇団の5期生として一緒に入団したのは、50〜60人だったと思います。入団して、すぐに、バレエ、タップダンス、日本舞踊の実技のレッスンが始まりました。音楽の楽典、歌のレッスンなども、もちろんありました。

1ヶ月たったころに、自分の体の感覚がワッと変わったことに自分でも驚きました。レッスンをいきなり始めて、これまで使ったこともない筋肉を使い始めたからなのでしょう。眠っていた感覚が一度に目覚めたような、味わったことのないような昂揚感もありました。

その一方で、女学校のことが頭から離れませんでした。歌劇団に通い始めたのが、あと数ヶ月で女学校を卒業という時期でした。自分で決めたこととはいえ、卒業を目の前に、みんなとは外れたところへ来てしまったという一抹《いちまつ》の寂しさがありました。

今ごろ、みんなは学校でどんな勉強をしているのだろうか、と気になりました。もう授業を受けることのない女学校の教科書を、私はしばらくの間、いつもバッグに入れて持ち歩いていました。歌劇団に通う往復の電車の中で、その教科書を読んでいました。心のどこかに、みんなと一緒に女学校を卒業したかったという思いがあったのだと思います。

女学校の卒業証書をもらわなかったことは、しばらくのあいだ私のコンプレックスになっていましたし、長い年月を経た今でも、トラウマとして心の中に残っています。

戦争で苦労した両親への恩返し

芸能の世界に突然、足を踏み入れた私のことを、両親は驚きと心配の入り混じった、たぶん複雑な気持ちで見守ってくれていました。

「歌劇団には男の人はいるの？」
「いないわよ。出ている人はみんな女よ」
「あら、光子ちゃん、でも、裏方には男の人はいるでしょう」
「そういえば、先生も男だわ」

などと、のんきな会話を母と交わしたものです。そのくらい、歌劇団や芸能界のことは、親にとっても見知らぬ世界の話でした。

歌劇団に入ってくる人たちは、親御さんがこの世界を好きだから、という人も多く、たいていの人は、小さいころから芸事のひとつやふたつ身につけていらして、下地をもって入団していらっしゃいます。

まったく何もやったことのない、下地ゼロからスタートした私は、とにかく必死でした。私が舞台稽古をする日などは、母はついてきて、そっと見ていることもありました。

母はなにより、私の体を心配していました。子供のころに比べれば丈夫になったとはいえ、毎日、横浜から都心まで電車で通って、疲れ果てて帰ってくる。うちに帰ってからも、寝る間を惜しんで、深夜まで楽典の勉強をしている。そんな私を見て、かわいそうだと思ったことでしょう。

私は私で、早く親に恩返しができるようになりたいと思っていました。

日本が終戦を迎えたのは、私が小学校6年生のときでした。両親は戦争で苦労をした世代です。空襲で家は焼け、父は勤めていた横浜の三菱重工業の職を失い、母が洋裁を始めて、家計を支えていました。父はなにか商売を始めては、いつもうまくいかず、母は、私と弟、妹、3人の子供を育てるのにずいぶん苦労しました。

一生懸命働きながら、学校の月謝を出してくれる姿をずっと見てきたから、いつまでも私が甘ったれているわけにはいきません。

「こうなったら、私がなんとかしなきゃ」

と、長女ならではの責任感もあったと思います。

母は、私のきっぱりした性格に、男気のようなものを見たのか、女にしておくのはわが娘ながら惜しいと思ったのか、「光子が男だったらな」とよく言っていました。母は私を女医さんにしたかったのです。

歌劇団はお相撲さんの番付と同じ

「水商売のようなものだから、やめといたほうがいい」と、一部の大人から聞かされていた芸能の世界。ところが、入ってみたら、とにかく、レッスン、レッスン、勉強につぐ勉強です。

年に2度、全科目の試験があって、点数が出て、約50人の順番が上から下までみんな決まるわけです。

私は、「ああ、これはお相撲さんの番付と一緒だな」と思いました。あるいは、そう思いたかったのかもしれません。

「水商売なんて言われるような変な世界じゃないのよ。お相撲さんみたいに、自分の力で番付を上げていく世界なのよ。情実も縁故も通用しない、実力がものをいう世界なのだから」

そんなふうに自分に言い聞かせることで、自分の気持ちを強くしようとしていたのかもしれません。

というのも、同期の人たちと話をするうちに、あの人は歌舞伎の役者さんの縁故の人らしい、あの人のお父さんは関連会社の偉い方らしい、などという情報が耳に入ってくるのです。

歌劇団に入る式のときに、5期生を代表して宣誓文を読み上げたのは、ある有名な画家のお嬢さんだということも知りました。

私は普段はぽわんとしているくせに、理不尽なことや不公平なことにあたると、急に頭に血がのぼるたちです。

「お父さんが有名な画家というだけで、あの人が代表になったの？　それはおかしいんじゃない？」

と思ったのです。そのときに、

「私は実力で番付を上げていく！　一番になって、卒業するときは、私があれを読むわ！」

と、ひそかに誓いました。

負けず嫌いで、理不尽を目の前にすると、その理不尽を自分の努力で乗り越えてやる、と火がつくのが、私の性格のようです。

必死でがんばっていたら、気がつくと〝三階級特進〟

歌劇団では、研究生時代に、みっちりとダンスと舞踊、歌のレッスンを受けます。すべてゼロからスタートしたので、ずいぶん苦労しました。

踊りはバレエ、タップ、ジャズダンスなどのレッスンもありました。女学校時代に創作舞踊をやっただけですが、バレエやダンスはレッスンを受けるのが楽しく、教えてもらったことをどんどん吸収していったと思います。

我ながら、大笑いしたのは、日本舞踊の最初の授業のときです。先生にいきなり、

「あなた、何しているの！　それは、バレエの足！」

と叱られました。

まわりを見渡して、ハッとしました。みんな内またになっているのに、私はつま先を外に向けて立っていました。

そもそも、着物を着て踊るということ自体が、私にとってはまったく初めてのことだったので、内また で立つことさえ知らなかったのです。

歌も、洋楽にはすぐなじめましたが、邦楽には苦労しました。洋楽と邦楽では発声の方法が違います。洋楽の発声の仕方を一生懸命身につけようとしていたのに、同時に邦楽の発声もやると、喉をつぶしてしまいそうで怖かったのです。

邦楽の楽器も初めてのことだったので、簡単には弾けるようにはなりませんでした。舞台の雛壇《ひなだん》に研究生が並んで三味線を弾くというときには、弾いているフリをして、その場をしのいだこともあります。

そんなふうに、苦手なものもありましたけれど、研究生時代はとにかく歌と踊りの芸を磨くことに必死でした。

卒業時、結果的には〝三階級特進〟ということになってしまいました。そのころの松竹歌劇団には、研究生、準団員、団員、準幹部、幹部、大幹部という序列がありました。

入って3年近くで卒業なのですが、それよりも前に、だいたい2年半ぐらいから、研究生として、舞台に立つようになります。舞台に立つようになると、私は抜擢《ばってき》されることが続いて、上級生の中にひとりだけ下級生の私がぽつんと混ざっていたり、研究生なのに、大幹部の方と一緒の舞台に立ったり、という機会がどんどん増えていきました。

卒業のときには、すでに舞台にキャスティングされていたために、序列が上がっていたということなのです。

そういうことはめずらしいことだったのでしょう。新聞の芸能欄に、松竹歌劇団で〝三階級特進〟、「十年に一度の新人」というような記事が載ったそうです。けれども、私自身はそのころはもう、一日、2回か3回の公演に出ていて、新聞を読む時間もない状態。そんな記事が出たことさえ知らず、ただひたすら、舞台をつとめることに必死の毎日でした。

松竹歌劇団に在籍中、松竹から映画デビュー

舞台に立ちはじめたころから、ありがたいことに、応援してくださるファンの方が出てきました。

夜、舞台を終えて、歌劇団の楽屋を出ると、道路の端の電信柱でチラッと人影が

動くのが見えました。「ファンの人かしら」と思っていたのだけど、どうも、そういう感じでもない。そんなことが何度かあって、怪訝に思っていました。

ある日、また、そんな人影を感じることがありました。夜はひとりではなく、必ずだれかと一緒に歩くようにしていたのですが、それでも、なんだか気味が悪くて、思いきって、こちらから相手に近づいて「何かご用ですか」とたずねたところ、〝引き抜き〟の人だったのです。

どうやら、東映、大映、日活、東宝、松竹など映画会社各社の方が、歌劇団の舞台を観に来ていらっしゃったようです。

そのあとのことですが、ある映画会社の担当者が、

「うちの会社にきてくれませんか」

と、母の目の前に札束を積んだのを見たことがあります。

「へぇ、これが芸能界というものなのか」

と妙な感心をしているうちに、母は、

「お金は受け取れません」

と、きっぱりと返答していました。

ほかの映画会社からも、お誘いがあったようですけど、

「松竹歌劇団から仕事を始めたのだから、映画も、まずは松竹の映画に出させてもらうのが筋です。筋は通しましょう」

と、母は私に言いました。

それで、松竹から、川島雄三監督の『純潔革命』(※)で映画デビューしました。歌劇団にまだ在籍中のころのことです。

※　1953年公開。男女６人のひと夏の恋を描いた青春映画。

NHKラジオの「歌入りドラマ」と日本テレビ『光子の窓』

NHKとご縁ができたのも、歌劇団に在籍中、松竹で映画デビューするより少し前のことだったと思います。

NHKといっても、テレビの放送はまだ始まっていないころのことで、ラジオでの仕事でした。

松竹歌劇団の5期生がみんなでNHKに見学に行ったことがありました。見学から帰って、しばらくしたら、

「きみ、NHKに出ることになったから」

と言われて、きょとんとしました。見学をかねた、顔見せというのか、オーディションのようなものだったのでしょうか。

それはともかく、NHKのラジオの番組で歌うことになりました。森繁久彌さんとご一緒したのはこのときが最初です。越路吹雪《こしじふぶき》さんが森繁久彌さんと共演されていた番組があったのですが、越路さんが南米の映画祭かなにかにおでかけになって

日本を留守にされるとかで、そのあと、番組の名前を変えて、私が出演することになったのだと思います。

生番組ではなく収録で、バンドが入って、まず音楽を録音します。越路さんの曲をずっと作っていた仁木他喜雄《にきたきお》さんというすばらしい作曲家が、毎回、オリジナルの曲を作ってくださいました。ロマンチックな曲を作る方でした。歌は、ストーリーが織り込まれた歌詞がついています。そんな歌を数曲、私と森繁さんが歌ったものを録音して、さらに、台詞を録音します。

そのころは「歌入りドラマ」といっていました。「ミュージカル」という言葉は、まだこれっぽっちも聞かなかった時代でしたが、やっていることは、ラジオ版の、まさにミュージカルでした。

ちなみに、その番組のときは、NHKから〝出演料〟はいただきませんでした。歌劇団にいながら通ったので、〝研究費〟という名目でした。私にとっては、本当に勉強になりました。出演者が女性ばかりの歌劇団とは違う、外の世界にふれて、「ああ、この世界が本当の世界か」と思いました。

歌劇団の舞台もやりながら、そうしたNHKのラジオに出演したり、松竹の映画に出演したり、仕事がどんどん広がっていきました。

約4年間在籍した松竹歌劇団を退団したあとは、日本テレビで、『光子の窓』（※）という音楽番組をやらせていただきました。番組のオープニングで、洋窓から私が顔をのぞかせてテーマ曲を歌い、司会も担当しました。50年以上前の番組ですが、覚えていてくださる方の多い番組です。

そのころ〝バラエティ番組〟という言い方はなかったと思いますが、歌あり、おしゃべりありで、まさにバラエティに富み、出演している私自身も楽しい番組でした。

NHKでも週に一度のバラエティ番組をやらせていただいていました。その番組には泣かされたことがありました。といっても、辛い涙ではなくて、感激の涙です。ある日、番組の中で、思いがけないことに、卒業証書が手渡されました。NHKのプロデューサーが、私がかつて通っていた女学校の校長先生に頼んで、特別に、そっくりなものを作っていただいたのだそうです。粋なはからいをしてくださったものです。

女学校を級友たちと一緒に卒業できなかったことが、ずっと心残りだった私にとって、約十年後のこの卒業証書はとても嬉しいものでした。アップの涙がNHKか

※　1958年スタート。歌ありコントありの日本初の本格的バラエティショー。

ら流れました。

仕事を始めたころ母と誓ったこと

歌劇団を退団したあと、母が私のマネージャーとなってくれました。私がほかのことにわずらわされることなく、芸だけのことを考えて仕事ができるように、という親心だったと思います。

森繁久彌さんが、よく、笑いながらおっしゃっていました。

「俺が光子に近づこうとしても、すぐ、ママがでてくるのだから。これじゃ、デートに誘えやしない」

そしたら、母は、

「あら、デートなら、私じゃ、どう?」

なんて、返したりしていました。

母は私より、俳優さんやスタッフさんたちから人気がありました。楽しい人で、麻雀《マージャン》やパチンコも好きで、「今日、麻雀やろうよ」なんて誘われたら、「いいわよ」

とふたつ返事でOKするような、気のいいところがありました。

それでいて、人を見る目は鋭い。ズバッと相手の本質を見抜いて、「あの人は、こういう人よ」と言い得て妙なひとことで言い表しました。

母は芸能界とは無縁のところで育った人で、サラリーマンだった父と結婚して普通の奥さんをやっていた人なのに、私が芸能界に入ったために、母も揉《も》まれて、勉強したのだと思います。

芸能界の裏も見てしまった母は、イヤなことから私を守るのは自分の役目だと思っていたと思います。だからこそ、「きれいに生きましょうね」ということをおりにふれて、私にいい聞かせていました。

「人に嘘をついたり、人を蹴飛ばすようなことをしたり、人を押しのけたり、踏み台にするようなことはしない。なにがあっても、汚い生き方はしないと決めましょう」

母のそういう考え方のおかげで、私は、そのころに、静かに自分の軸のようなものができたのだと思います。人がどう言おうと、「私は私。どっこい生きてる」。これが私の苦しさから立ち上がるときの言葉です。

母と誓った「きれいに生きる」ということは、母が亡くなった今もずっと変わらず、私の中の〝軸〟であり続けています。

1年9ヶ月で破綻した結婚生活

歌劇団を出て、外の世界で仕事をするようになって、いろいろな方と知り合うようになりました。

当時の若手作曲家のグループ、「3人の会」の黛敏郎《まゆずみとしろう》さん、團伊玖磨《だんいくま》さん、芥川《あくたがわ》也寸志《やすし》さんと知り合ったのもそのころです。

1959年に日比谷公会堂で日本初演となったオラトリオの『火刑台上のジャンヌ・ダルク』(※)で、私がジャンヌ・ダルク役をやることになったのは、私のことを「ここにジャンヌ・ダルクがいますよ」と言った芥川さんのひとことから、実現したことでした。

その芥川也寸志さんと結婚したのが、私が26歳のときで、結婚生活は1年9ヶ月という短いものでした。

交際している間はただただ恋愛をしていたけれども、一緒になってみると、生活

※　ジャンヌ・ダルクの過去の回想と、火刑に処される様子を描いた傑作。

環境も、仕事ぶりも、合わないことがはっきりとわかって、うまくいきませんでした。

好きだから結婚する、と私はシンプルに考えていましたが、まわりの大人たちには、夫婦としては難しいだろうと予測がついていたようです。

彼は前の結婚で子供がふたりいたこともあり、うちの父親などは、なにもそんなややこしいところに嫁《とつ》がなくても、と反対でした。父の怒った顔を見たのは、あとにも先にもそのとき一度だけです。

私も、周囲の大人たちの「やめといたほうがいいんじゃないか」という忠告を、「そのとおりかもしれないな」と、思っていたところもありました。

でも、大恋愛の決着という意味で、結婚をしないわけにはいかなかったのです。

お嫁に行く日の朝のことを覚えています。

両親と祖父母が並んで座っていました。祖父母に跡取りがなかったため、私は戸籍上、祖父母の養女になっていたので、私は祖父にまず、あいさつをしました。祖父は古武士のようなたたずまいの素敵な人でした。

「おじいちゃん、長いあいだ……。私、ちょっと行ってきます」

大好きな祖父の顔を見ていたら、胸がいっぱいになって、そう言ってしまいました。

ほんとうに〝ちょっと〟だったと、あとあとまでの語り草です。

どんな経験も女優としてムダにはしたくない

私にとって、結婚生活は苦しくて、辛いものでした。そして、離婚するのも、大変にエネルギーのいることでした。

結婚する前の交際から数えれば何年間にもわたり、濃いつながりを持った相手との関係を終わりにしたとき、私は疲れ果て、放心状態になっていたと思います。

そんな私を見かねて、母は私に、

「うちに帰ってらっしゃい」と言いました。

けれども、私は、横浜の実家には帰らない、と決めていました。

親元に帰ったら、また祖父母と両親とに温めてもらって、前に進めなくなるような気がしたのです。元の甘ったれのお嬢ちゃんに戻ってしまうのはイヤだと思いました。子供のころから家族に大事にされすぎて、自分は世間のことをなにもわかっていなかったということにも、やっと気がつきました。

「この1年9ヶ月、辛いことだらけだったけど、学んだこともたくさんあった。この経験をムダにしないで生きたい。どうしよう……？　そうだ、私は女優という道を歩いているのだ」

そんなふうに思ったのでした。

結婚前のように女優の仕事に戻れるのかどうか、見通しはまったく立っていなかったし、女優の仕事に戻りたい、という気持ちもありませんでした。

それなのに、私は、「この経験はムダにしたくない」と思ったのです。

私は女優だった！

「光子はぶきっちょだから、家庭と仕事の両立は無理ね。結婚したら、生活にのめり込むし、もし、子供ができたら、子供に夢中になったに違いない」

母は、そんなふうに言っていました。

その後、恋をしたことはありますが、結婚は二度と考えませんでした。

「それなら、20代後半以降の草笛さんは、演劇と結婚したのですか？」

と聞かれたことがありますが、私は演劇と結婚したとは思っていません。

女優の仕事は、私にとっては闘いそのもの。挑《いど》んで、闘って、こんちくしょう、

こんちくしょう、とやっていくしかない。やってもやっても、挑むべきことがなくならないから、〝闘い〟は続いているのです。

実家に戻らず、東京でひとり暮らしを始めた私は、その〝闘っていく道〟を選んだということだと思います。

たった一夜の公演で、貯金通帳、花と散る

その闘いの機会は、そうそうに訪れました。

離婚の傷心がまだ癒えぬころ、飛行機で偶然、「3人の会」の黛敏郎さんと一緒になりました。黛さんは、私の隣に座って、私にひとこと、こう尋ねました。

「舞台とか、ミュージカルとか、なにかやりたいんじゃない？　僕が何か、考えてあげましょうか？」

私は、「やりたいです」と言ってしまいました。

すぐに、黛敏郎さんは企画を考えてくださり、実現の運びとなりました。

三島由紀夫監修、黛敏郎総監督の『ミュージカルの夕べ』(※)、出演者は私と、

※　コンサート形式による新感覚のミュージカル作品。

フランキー堺さん、藤木孝（旧芸名は敬士）さん、「二期会」、ダンサーの方々。音楽は東京フィルハーモニー、ウエスト・ライナーズ、宮間利之とニューハード。会場は上野の文化会館。上野の文化会館は、当時はクラシックのコンサートにしか会場を貸していなくて、ここで公演をすることも私たちの挑戦でした。

フランキー堺さんは、映画の「駅前シリーズ」が大ヒットしたころです。藤木孝さんはヒット曲を連発して、ツイスト・ブームを起こした、歌って踊れる、人気歌手でした。

出演者の顔ぶれが、クラシックとはほど遠いため、会場を貸す貸さないで、文化会館側とかなりもめました。

「藤木さんが歌ったら、場内でお客さんが興奮しますでしょ。騒ぎになったら困りますから！」というようなことを言われて、私はカチンときました。

「人が感動して、興奮することがなぜいけないのですか？　大衆的だと見下すおつもりですか？　クラシックはクラシック、大衆的な音楽は大衆的な音楽、なんて線引きをしていたら、日本ではいつまでたってもミュージカルの土壌なんて育ちませんよ。だって、クラシックもジャズもポップスも、なんでもありなのがミュージカルなのだし、自由な楽しさをお客さまに届けるのが、上質のエンターテインメントというものではないんですか！　とにかく、やらせてください！」

私の反骨精神が黙っていませんでした。

交渉の末、一日だけ会場を貸してもらうことができました。

ただし、スポンサーがついたわけではなく、経費のすべては自腹を切ったので、たった一晩の公演で、私の貯金通帳の残高は花と散ってしまいました。

それでも、クラシック以外で初めてあの会館を使ったということも含めて、意義のあることをやったと思います。

それに、すってんてんになってしまったけれど、私は舞台に立つことで、くすぶっていた気持ちを思いきり燃焼させることができました。

私の辛い思いを忘れさせて、立ち上がらせようとしてくださった方は、ほかにもありました。今、思い返すと、本当にいろいろな方に助けていただいたからこその、女優としての道のりだったと思います。

映画「社長シリーズ」と女性映画の成瀬巳喜男作品

　菊田一夫先生には本当にお世話になりました。菊田先生は、映画、舞台の原作・脚本・演出、なんでもされる方で、数々の名作を世に出した人。日本で初めてブロードウェイミュージカルを舞台に上げた、ミュージカルの〝父〟のような方でもあります。

　私は30代の半ば以降、菊田先生に導かれて日本製ミュージカルの世界に入っていきますが、その前の期間、映画にたくさん出る時期があったのも、実は菊田先生のおすすめがあってのことでした。

　離婚のことでしょんぼりしていた私に、心機一転、がんばりなさい、というエールだったのかもしれません。

　そんなわけで、30代になると、私は東宝の喜劇映画「社長シリーズ」(※)や、成瀬巳喜男監督作品など、映画にたてつづけに出る期間が続きました。

　社長シリーズは本当に楽しい撮影現場でした。森繁久彌さん、小林桂樹さん、三

※　1956年から1970年まで、30本以上製作された大人気の喜劇映画。

木のり平さん、加東大介さん、フランキー堺さん、まぁ、楽しい方々とご一緒できたものです。

私はいつもバーのマダムか芸者さんで、社長の浮気心をそそるという役どころでした。森繁さん演じる社長の浮気は毎回、なぜか失敗、浮気にいたらないまま終わるのがおきまりで、そんなほろ苦い感じも、あの社長さんの〝味〟だったのかもしれません。

私は一生懸命お芝居しているのに、森繁さんや三木さんは本番中でも、私を笑わそうとなさるのです。あんまりおかしいので、つい笑ってしまいます。だから、社長シリーズといえば、現場でゲタゲタ笑っちゃってしかたなかったということだけがやけに記憶に残っています。

まったく対照的だったのが、成瀬巳喜男監督の撮影現場でした。小さな物音でも響くような、静かな現場でした。

『娘・妻・母』『放浪記』『女の座』『乱れる』『女の中にいる他人』、そして、監督の遺作となった『乱れ雲』(※)と、出演させていただきましたが、成瀬監督の映画では〝自然〟ということを、考えさせられました。

※　1967年公開。許されない愛に揺れ動く男女の心模様を描いた作品。

食卓にすわって、ごはんをよそって、「はい、お父さん」とすっと差し出す、ただそれだけのことを、普通に自然にできないといけないのです。

成瀬監督は女性映画の名手といわれていました。女性の内面の悲しみとか、時には毒も映像としてとらえられました。ただし、女性のどんな面もきれいに撮られました。

女優は午後からでないとアップは撮りません。「午前中は、顔がまだむくんでいるからダメ」とおっしゃっていました。今の撮影現場では考えられないほど、時間をかけて撮影されていました。

ある女優さんが、当初は自動車を運転するシーンがあったのだけれど、運転に不慣れな方だったので、運転することに神経を使ううちにお顔が痩せてきたため、そのシーンはなくしてしまった、ということもありました。

女優がきれいじゃなくなるようなことは絶対にさせないのです。女優の中でもあの時代の「映画女優」は特別にそういうところがありました。

撮影所には、女優が休憩する小さな部屋があって、結髪の方たちがついていて、ほかの人たちが入ってこられないように、ガードしてくださっていました。

高峰秀子さんや原節子さんが、ちょこちょことおひるを食べたあとに、その部屋で眠っていらしたりしたのは、さながら映画のワンシーンのようでした。

命がけの舞台、ミュージカル『ラ・マンチャの男』

1960年代には、〝ミュージカル〟というジャンルが日本でも少しずつ知られるようになっていきました。菊田一夫先生が『マイ・フェア・レディ』など、ブロードウェイの名作を日本の舞台で成功させたことの功績と思います。

その菊田先生から、「こんど『屋根の上のヴァイオリン弾き』というミュージカルをやるから、一緒にやろう」とお声をかけていただき、娘役のひとりとして出演することになりました。

そのころ私はテレビ番組の『兼高かおる 世界の旅』に誘われて、世界中を旅することになっていましたので、菊田先生には、

「ロンドンに行ったら、『屋根の上のヴァイオリン弾き』を観てきます」

と言いました。舞台の稽古に入る前に、うまいタイミングで海外で観ることができることだし、勉強してこようと、私は張り切っていたのです。

ところが、菊田先生は、

「あの役はほかの女優に決まったから……」

と、おっしゃったのでした。

そのときのショックたるや、今、思い出すだけでも、倒れそうになるくらいです。絶望的な気持ちになって、二度とこんな思いはしたくない、もう本当に女優をやめてしまおう、と思って旅に出ました。

失意のなか、いくつかの国をまわり、辿りついたのがニューヨークでした。

そこで、翻訳家の倉橋健先生にめぐり逢ったのが、運のつき。倉橋先生はアーサー・ミラーや、ウィリアム・サローヤンの翻訳のほか、安部公房さんの戯曲の舞台演出をされるなど演劇の専門家でもありました。

その、倉橋先生が、

「草笛さん、あなた、ブロードウェイでは、やはりミュージカルを観るんでしょ」

とおっしゃったのですが、なにしろ私は失意の旅。

「いいえ、私はもう、女優はやめるつもりですから」

と申しましたら、倉橋先生はびっくりなさいました。

「だけど、まぁ、観るだけでも一本観てごらんなさいよ」

と、すすめられて観たのが『ラ・マンチャの男』(※)でした。

そのときの衝撃は生涯忘れません。

「こんな舞台があったとは！　この舞台を、私は絶対にやってみたい！」と思ったのです。この舞台をやれたら、もう一回女優をやろう、と思って帰国しました。


出会ってしまった、というほかない、ミュージカルと私の運命的な出会いでした。

帰国後、菊田先生に、どうしてもやりたいミュージカルがある、と頼み込み、『ラ・マンチャの男』の上演権を東宝でとっていただきました。

そして、1969年、帝国劇場でミュージカル『ラ・マンチャの男』の公演が決まりました。『ラ・マンチャの男』は、作家セルバンテスがセビリアで牢獄《ろうごく》に入っていたときに小説『ドン・キホーテ』を着想したという事実をもとにした物語です。セルバンテスであり、ドン・キホーテでもある、〝ラ・マンチャの男〟が松本白鸚《はくおう》さんで、私の役は、ドン・キホーテに高貴な姫と思いこまれてしまう、安宿屋で働くアルドンサという女です。

初演のときの振り付けと演出は、ブロードウェイからきたエディ・ロール。英語

※　セルバンテスの小説『ドン・キホーテ』をもとにしたミュージカル作品。

で容赦のない、厳しい稽古の日が続きました。

ブロードウェイで観たとき、この舞台を日本でやることができたら死んでもいい、と思うほど、強くひかれた作品でしたが、実際に自分がやるとなると、まさに、〝命がけ〟の舞台でした。

なにしろ、激しい動きが多くて、肉体的に大変なのです。体ごと振り回されたり、サーカスのようにでんぐり返しになったりしますから、少し間違えば大けがになります。稽古では、板の上で引きずられるので、板のささくれが脚にささり、毎晩、とげぬきでぬきました。

いよいよ初日、日本とスペインの国歌が演奏され、スペインの大使ご夫妻にごあいさつして舞台に出たとたん、見事すごいあがり方をしてしまい、フィナーレまで足がどこについていたのかもわからないくらいでした。

さらにきつかったのは、アルドンサの役をトリプルキャスト、つまり、3人の女優が交代に演じたことです。公演が進むにつれ、劇評で、3人の出来栄えを比べられ、いろんな評判が耳に入ってくるのは、辛いことでした。私は、見ざる、言わざる、聞かざるの精神で乗り切ろうとしました。

体も心も傷だらけでした。

帝劇の楽屋にお稲荷さんがあります。そのお稲荷さんに、「どうぞ、なにかあったら、けがではなく、ひと思いに殺してください」と祈って舞台に向かいました。

ブロードウェイで本場の舞台を観ていたゆえに、私は自分の力量が遠く及ばないこともわかっていて、情けなくて、死んでしまいたいような気になったこともあります。

ある日の明け方、ふらふらと通りに出て、車に飛び込もうとしました。けれども、そういうときに限って、大きなダンプカーなんて来やしません。来たのは小さな軽トラック。現実の辛さから逃れたくて死のうと思っても、そうは問屋がおろさない、ってことですね。

そのあと、ほかの女優さん2人が身体を壊し、千穐楽《せんしゅうらく》までアルドンサ役を私がひとりで演じることになりました。

「今日、死んでもいい」という思いで、舞台に体を投げ出すようにして、一回、一回を演じきったことを覚えています。

『ラ・マンチャの男』は初演からずっと、松本白鸚さんが主演をされています。

以前、食事をしたときに、白鸚さんが、

「草笛さんが最初にあの舞台をやりたいといって、動いてくれたから、ラ・マンチャとめぐり逢えました。ありがとうございました」

と、とても感謝をしてくださいました。ブロードウェイでこの舞台に運命的に出会い、日本の初代アルドンサを演じた私としては、とても嬉しいお言葉でした。

ミュージカルとは「音楽」と「踊り」と「芝居」の結婚

『ラ・マンチャの男』のあと、帝国劇場のミュージカル『王様と私』(※)でも松本白鸚さんと共演しました。

19世紀のタイを舞台に、西洋化を図ろうとしながら古い考え方から抜け出せない王様が白鸚さんで、その王子たちの家庭教師として招かれたイギリスの婦人、アンナが私の役どころ。

プロデューサーからは、「品格のあるイギリスの婦人として、白鸚さんを手玉にとる勢いでやってほしい」というリクエストでした。

※ マーガレット・ランドンの小説『アンナとシャム王』を原作とした作品。

そのころ白鸚さんは20代後半、私は40歳ごろだったと思います。私のほうがだいぶ年上とはいえ、〝手玉にとる〟というのはなかなかの難題。

少しでも役のイメージに近づけるように、母に車を買ってもらいました。女優ばかですね。マネージャーだった母には物入りなことですし、「なぜ車?」と怪訝だったと思います。私としては、堂々と車に乗り降りする雰囲気を自然に身につけることで、イギリス婦人の品格が表せるのでは、と思ったからです。

映画でも王様役をした、あのユル・ブリンナーにも会いに行き、舞台を観ました。彼の晩年の『王様と私』でした。

フィナーレで舞台袖から出ていくところを、近くで見ていましたら、足をひきずっておられました。けれども、正面を向いて、お客様に相対すると、そんな様子は一切見せませんでした。ひざをお能のすり足のようにわざと曲げたまま、堂々と、客席に挑むように階段を降りられました。その姿に、私は瞼《まぶた》が熱くなりました。

『王様と私』から3年後、次に出演したミュージカルが『ピピン』(※)という作品です。これも忘れがたい作品です。

『ピピン』は、ミュージカル『シカゴ』や、のちに映画『キャバレー』『オール・

※　日本初演は1976年。皇子ピピンが生きる意味を捜し求める物語。

ザット・ジャズ』で知られる、ブロードウェイミュージカルの花形演出家、ボブ・フォッシーの作品です。

「こんどやることに決まったから、頼むよ」と私におっしゃった東宝のプロデューサーは、舞台を観もしないで上演権を買ったとのこと。

私はびっくりして、すぐにブロードウェイに飛びました。

現地では大評判でしたが、私にはストーリーが難解に思えました。8世紀のローマと現代と、話が行ったり来たりするのです。

日本での公演の振り付けは、ブロードウェイの『ピピン』を見ていない人が担当することに決まっていました。私は少しでも、本場のボブ・フォッシーのムードを取り入れたいと思い、客席で舞台を観ながら、ペンライトでこっそり手元を照らして、自分がやる役についてメモを取りました。

それにしても、ブロードウェイの舞台をこの目で観れば観るほど、本場のレベルの高さを思い知り、どうやったらこのミュージカルを日本でいい舞台にできるか、本当に思い悩みました。

でも、嬉しいこともありました。

『ピピン』の舞台稽古のとき、舞台の袖で美術家の妹尾河童《せのおかっぱ》さんが、

「やっとわかった。ミュージカル女優っていうのはあなたみたいな人のことなんだね」

と、言ってくださいました。

歌手でもない、ダンサーでもない、演劇人でもない、〝ミュージカル女優〟。それは、私にはとても嬉しい言葉でした。

ちょうどそのころ、私自身の中でも〝ミュージカル〟というものが、つかめてきたように思います。私の言い方で表すと、ミュージカルとは、音楽と踊りと芝居、この3つをうまく結婚させること。

歌を踊れ、踊りを歌え！
踊りを演技しろ、演技を踊れ！
歌を演技しろ、演技を歌え！

それができて初めて、どこをどうとってもミュージカルといえるものになって、お客さまの心を動かすことができる。

そう思い至ったのが42歳のころのことです。

この思いは今も変わらず、ミュージカルのときは、いつも、自分に、「歌を踊れ、踊りを歌え！　踊りを演技しろ、演技を踊れ！　歌を演技しろ、演技を歌え！」

と、声をかけています。

テレビドラマと映画で忙しかった40代

40代は、舞台ももちろんやっていましたが、テレビや映画の仕事が続いた時期でした。

NHKの大河ドラマ『元禄太平記』『花神』『草燃える』、民放の連続ドラマ『熱中時代』『赤い衝撃』など、たくさんの作品に出演しました。もしだれかに、「昭和何年にどの作品に出演したか、履歴書を書きなさい」と言われたとしても、とうてい自分では書けないと思います。

映画では、『犬神家の一族』『悪魔の手毬唄』など、市川崑監督の「横溝正史シリーズ」（※）にもいくつか出させていただきました。

市川崑作品で、私の役といえば、たいてい尋常ではない、おどろおどろしい女ばかりでした。ところが、それがかえってやりがいがありました。

「この女はどんな女だろうか」と市川先生と一緒に考えながら、キャラクターを作っていくのが面白かったのです。

普通の呉服屋さんにはないような、ドロっとした個性的な柄ゆきの着物を浅草のはずれのほうの店でみつけて、それを衣装にしたり、「金歯を入れていいですか？」とか「片方の足をひきずる人にしてもいいですか？」とか、アイディアを市川先生に提案してみるのです。

すると先生はしばらくタバコを前歯にくわえて考えて、必ず「いいよ、やってごらん」と言ってくださいました。

そして、金歯を入れたら、それがチラリと見えるアングルでカメラを回して撮ってくださいました。

そういえば、市川先生は、

「映画はキャスティングが決まったときに、九分九厘できている。あとは、俺は、あっちへ行き、こっちへ行き、カメラを回すだけだよ」

※　名探偵・金田一耕助が、数々の難事件に挑むミステリー映画。

と、おっしゃっていました。

工夫をすれば、市川先生が活かしてくださるのが嬉しくて、「今度はこんな役だよ」と言われると、

「どうやって、やってやろうかしら」

と、私は舌なめずりでした。

50歳前、セルフプロデュースで破産寸前

そんな40代の終わりごろ、私の中にはマグマのようなものが、知らない間にたまっていたようです。今のペースでテレビドラマの仕事をやっていけば、平和に暮らしてはいけるだろう。優しいお母さん役をやっていれば、これから先何年か仕事を続けていくことはできるだろう。

「だけど……」と私の中の私が言うのです。「安全なところにいるのはイヤ！　私はやっぱり危険をおかした舞台をやりたい」と。

そのころ私は、ドラマや映画の撮影の間に時間を見つけては、ひとつでも多く、

面白い舞台を観るために、ニューヨークに通っていました。

あるとき、若いころからの友人の、女優の奈良岡朋子さんに、「私もあとから行くから、あなたと同じホテルの部屋をとっておいて」と頼まれて、ニューヨークで合流することになりました。

ふたりでツインタワービルからセントラルパークを見下ろしていたとき、彼女がなにげなく言いました。

「あなたは、ここにしょっちゅう来ているけれど、なにをしに来ているの？」

「いろんなものを観ているのよ」

「それで？ 観ているだけ？ 東京に持って帰って、なにかに使っている？ なにもやってないじゃない。もったいないない」

そのひとことはききました。頭から水をひっかけられたというのか、あまりにも本当のことをズバリと言われて、目が覚めました。

そのとおりなのよ、それは自分でもわかっている。私は自分の本心にふたはできない、と認めないわけにはいきませんでした。

彼女の前で泣きはしなかった。けれど、あふれるギリギリのところでとどまった涙のせいで、眼下のセントラルパークが滲《にじ》んで見えました。

「よし、日本に帰ったら、やろう」
と、心に決めました。

そのあと約2年かけて実現したのが、『光の彼方にONLY ONE』(※)というミュージカルです。

この舞台は、今、思い返してみても、我ながらずいぶん大胆なことをやったものだと思います。

まず決めたのが、「舞台に出るのは私、ひとり。スポンサーはつけず、お金は自分で用意する」ということ。そのかわり、制約のないところで、これまでにやったことのないようなことを自由にやってみる。そう決めたのです。

誰にこの仕事を頼めばいいのか考えていたところ、当時、大阪労音にいらした、浅野翼さんが、衣装デザイナーのワダエミさんや、知り合いの人を紹介してくれ、アドバイスもしてくださいました。

作・演出は篠崎光正さん。『ブンナよ、木からおりてこい』で知られる、舞台演出家です。当時から、大劇場の商業演劇だけでなく、実験的な芝居も演出されていて、注目の新進演出家でした。

※　1981年度の芸術祭優秀賞を受賞した、前衛的な作品。

音楽は加古隆さん。若いころからクラシックからフリージャズまでジャンルを超えた音楽を作る方で、今もＮＨＫのドキュメンタリー番組のテーマ音楽や、映画のテーマ音楽などでご活躍されています。

私はおふたりともこのときが初顔合わせで、なにもかも新鮮でした。

そして、私は、馬に乗っている妖精という設定で、相手役は、なんとレーザー光線。馬は当初は、本物の生きた馬を舞台にのせるという話もあったのですが、劇場としておさえた西武パルコ劇場側から、それは困るといわれて、私が乗るのは〝木馬〟になりました。

木馬に乗った妖精が歌や踊りをやめると、レーザー光線がグングンと迫ってくる。ついに、歌える歌もなくなって、これで一巻の終わりと思ったら、次の瞬間、光の輪の外に出ることができた……。そんなストーリーでした。

その当時、レーザー光線がまだ舞台やショーで使われることがめずらしく、前衛的な舞台演出は話題になりましたが、費用もうんとかかりました。公演期間８日間、音楽も贅沢《ぜいたく》なことに、シャープス・アンド・フラッツに生演奏してもらいましたし、劇場使用料も自前。結局、私の貯金はすっからかんどころか、借金もつくりました。

さらにそのあとで、どうしても自宅に稽古場がほしくなって、それほど古くなっていなかった自宅をあっさり壊して、稽古場のある家を建て直しました。家の建て直しと、自腹を切った舞台とで50歳を前にして、予定外の借金をこしらえました。「50歳で、今さら、稽古場？　女のひとり身で、これから借金？」とおっしゃる方もありましたが、私にとっては、50歳というのは、〝今さら〟ではなく、〝これから〟という感覚でした。

私は、勘で生きているタイプで、自分が「いまだ！」と思うと、あたりかまわず実行してしまうのです。

借金をつくってしまったけれど、この舞台をやったことで、私のミュージカル魂に火がつき、もっともっと挑戦を続ける50代になっていったのです。

ついに来た！　50代最初にミュージカル『シカゴ』

『シカゴ』(※)は、音楽を聞いたら、あ、聞いたことある、と多くの方がお思いになる、日本でも有名なミュージカルだと思います。ブロードウェイで大ヒットした、

※　今なおロングラン公演を続ける、ブロードウェイ・ミュージカルの名作。

ボブ・フォッシーの作品です。

スターを夢見るロキシー・ハートと、彼女が罪を犯して入った監獄で知り合った、元ナイトクラブの歌姫ヴェルマ・ケリー、このふたりの女性がショービジネスの世界でのしあがっていく物語です。

ブロードウェイで、初めて『シカゴ』を観たときは、本当にショックでした。ロキシー役がグエン・バードン、ヴェルマ役がチタ・リベラというキャストでしたが、特にチタ・リベラの踊りは、「えっ、こんなダンサーがいたの？　こんなキレる踊りってあるの？」と驚きと感動で涙が出ました。もし、自分にあんな踊りができたら、死んでもいいと思うぐらいすばらしい踊りでした。

私は楽屋に入れてもらって、役者さんたちとあいさつを交わしました。一緒にいた人が私のことを、日本の女優だと彼女たちに紹介すると、チタ・リベラが、「あなた、どの役をやりたい？」と聞いてきました。

そのときはまだ日本で『シカゴ』をやるという話はまったくなく、私はただ舞台を観に来ただけだったので、そう答えると、彼女は、「そんなのウソでしょ。踊りを盗みに来たんでしょ？」と、いたずらっ子のように笑いながら言うのです。

もし、日本でやるなら、私はあなたのやったヴェルマ役をやりたい、と言いたいところでしたが、そばにいたロキシー役をやったグエン・バードンに失礼になるかもと思い、それは言いませんでした。

さて、それから数年後、日本で『シカゴ』をやることが決まり、出演のオファーが来ました。

「来たぞ！」と心の中でガッツポーズ。だけど、ブロードウェイですばらしい舞台を目の前で観ているだけに、あのすばらしいダンスには、どう逆立ちしても追いつけないことはわかっています。

それでも、あの高みを狙いたい。そこに挑んでいかなきゃ、ミュージカル女優とはいえないと私は思ったのです。

あまりにもすごいものを観てしまうと、「ああ、自分にはとうていできない。無理だわ」と言ってやめてしまう人と、「足元にも及ばないのはわかってはいるけど、やってみたい。やってみよう」と思う人の、ふたとおりがあると思うのですが、私はあきらかに後者のタイプなのです。

そのとき50歳直前。50代の最初の大きなチャレンジがミュージカル『シカゴ』になったというわけです。

日本初演の『シカゴ』は、日本流のミュージカルにアレンジするのではなく、ブロードウェイと寸分違わずやろう！　というところからスタートしました。ミュージカルになみなみならぬ情熱をもっていたプロデューサーは、それが、今回日本で初演することの意義だともおっしゃっていました。

舞台美術は朝倉摂さん、音楽は越路吹雪さんの夫の内藤法美さん、演出、振り付けはボブ・フォッシー作品の常連ダンサーで、フォッシーの振り付け助手も務めていたジーン・フットが来日して、つきっきりで演出してくれました。なんと、演出補には、数々のヒット番組を手がけた名プロデューサーであり演出家でもある井原高忠さんがついてくれました。

ジーン・フットは「フォッシー・スタイル」と言われる、ボブ・フォッシー独特のダンスと演出方法を徹底的に私たちに叩きこんでくれました。

稽古をしていると、しょっちゅう、遠くまで離れていって、こちらをみて、

「ロキシーのドレスのすそ、あと1センチ長くして」

と指示をする。

ロキシーのメイクも「天使の顔にする」と彼はいうのです。ロキシーは犯罪人で悪い女だけど、少女のようにも、天使のようにも見える無垢《むく》さが表現できないといけないといって、私に、その〝企業秘密〟のメイクの技を教えてくれました。

舞台と客席には、何十メートルという距離があります。舞台の背景があり、ライトが当たって、役者が動く。そのとき、客席から最もよく見えるために、登場人物たちを最高に魅力的に見せるために、ドレスの1センチ、メイクのアイラインの1ミリにいたるまで、ありとあらゆる細部にまで徹底的な美意識が貫かれているのです。

もちろん、その厳しい美意識はダンスの演出でも同様です。足首の角度をあと10度外へとか、ここで腰をあと数センチ下げたら、それ以上は膝を曲げないで、とか、それはもう完璧な構図の絵を再現するように、つくられた振り付けなのです。

その振り付けを、さも当たり前に動いているかのように自分の体に染み込ませなくてはなりません。

こんなに勉強になったことはありませんが、本当に過酷な試練で、稽古期間中、ずいぶん苦しみました。

舞台『シカゴ』は、また別の意味でも私にとって大きな試練でした。

37歳のとき、私は『ラ・マンチャの男』でアルドンサ役を演じました。ところが、何度目かの再演からは、私は降ろされ、別の女優さんがアルドンサをやることになったのです。

急にいったい、誰が決めたのか。なぜ私は降ろされなければならなかったのか。雑誌などの批評では、ほめられ始めた矢先なのに、なぜ、あの役をやるのが彼女なのか。納得いかなくて、くやしくて、くやしくて仕方ない。けれども、そのくやしさは誰にもぶつけることのできないくやしさでした。謎は謎のまま。恨むにも、だれを恨んでいいかがわからないのです。

このときは、心の底から毎日、「こんちくしょう、こんちくしょう」でした。「こんちくしょう」と言いながら、恨み、つらみは自分の腹におさめて、悔しさをバネに生きていくしかありません。

そうやって歯をくいしばって、なんとかやっていたところに、『シカゴ』の出演が決まったのですが、なんと、相手役のヴェルマ・ケリー役が、『ラ・マンチャの男』のアルドンサの役を私の次にやった女優さんだったのです。

演劇の神様は、なんという試練を与えるのだろうかと思いました。あれだけくやしい思いをさせられた人と、毎日、顔を突き合わせて、稽古をしなくてはいけない……。それは、苦しみそのものでした。

そんなときに、『光の彼方へ ONLY ONE』を演出してくださった篠崎光正さんが私におっしゃいました。

「ミュージカルというのは、自分が楽しくないと、お客さんに楽しさは伝わりませんよ。苦しくても、辛くても、楽しく！」

そのひとことにハッとしました。

そのあとは、無心に稽古に励んで、いい舞台にすることだけにエネルギーを注ぎました。だから、『シカゴ』で芸術祭最優秀賞をいただいたときは特別に嬉しかった。

「こんちくしょう」の気持ちでがんばったから、できたことだったと思います。

思い出すのも辛くて、自分でふたをしていたことですが、30年たった今、噴水のように急に噴き出してきました。

58歳のとき、「新人」と言われて奮起

『私はシャーリー・ヴァレンタイン』(※)はいろんな意味で、私の分岐点になった舞台です。1991年から1996年、私が58歳から63歳までの間に再演を6回重

※　もう一度自分の人生をみつめ直す主婦の姿を描いたコメディ・ドラマ。

ね、延べ185回ぐらい公演しました。この芝居のおかげで、その後の自分の女優としての守備範囲が広がったと思います。

そもそもは、朝倉摂先生が、「あなた、こういうのもやりなさいよ」ともってきてくださったのです。

「ミュージカルですか？」と私が聞くと、

「歌はない。音楽もほとんどない。2時間半、台詞だけ。出演者はあなたひとり。キッチンで料理をしながら、壁にむかって話すのよ」

と、朝倉先生。

「え〜？　私は台詞だけで2時間半もつ女優じゃないですよ。それに、料理もろくにしたことのない私がなんでそんな役を？　ムリです。できないです」

すると、朝倉先生が、

「あなた、新人なんですよ。今はできないでしょう。だからこそ、やってみればいいじゃない」

と、おっしゃったんです。

「新人」というひとことがグサッときました。

シリアスなストレートプレイでしかもひとり芝居、という舞台は、私は経験をしたことがありませんでした。その意味では、確かに「新人」なのです。そうか、この年齢まで女優の仕事を続けてきたけれど、まだ登ってない山はいくらでもあるのだな、とあらためて思いました。

そうなると、がぜん、やる気が出ました。ロンドンでちょうど、舞台をやっているとのことだったので、さっそく観に行きました。すると、お客さんがよく笑っているんです。セリフの英語がよくわからないから、何がそんなにウケているのかはわからないのですが、これは面白い舞台なのだなということは、観ていればわかります。

主人公はイギリスの平凡な中年の専業主婦。子供たちは自分の手を離れ、夫との愛も冷め切っている。彼女はあるとき、ひとりでギリシャに旅に出かけます。

コメディでもあり、ちょっとほろにがいストーリーでもあり、女性の生き方や、幸せってなんなのだろうと考えさせられる、いつの時代にも通じる普遍的なテーマをもった脚本です。

約2時間半、ひとりでしゃべりっぱなしで、台詞は約5万語。桁外れの多さです。大量の台詞を覚えなくてはならない苦労もさることながら、もっと難しいのは台詞の〝間〟です。奥さんと旦那さんのやりとりも、全部、ひとりでしゃべるのです。

落語みたいなものですから、テレビの落語番組を観て噺家《はなしか》さんたちの〝間〟の研究をしたりもしました。

衣装にも苦労をしました。イギリスの庶民的な「普通の主婦」に見える洋服というのは案外、難しいのです。何を着ても、「まだダメ、全然、平凡な主婦に見えない」と朝倉先生からダメだしが続き、最終的には、巣鴨《すがも》のとげぬき地蔵通りのお店で見つけた地味なセーターとスカートでOKとなりました。

愛川欽也さんが舞台を観てくださったあと、楽屋に来てこうおっしゃいました。

「僕はねぇ、草笛光子って人がどういう女優なのか、やっとわかったよ。君はね、要するに、のんきなんだよ。のんきじゃなきゃ、こんな、ひとりで2時間半も台詞を言いっぱなしの芝居なんて、恐ろしくてできやしないよ。まったく、こわいもの知らずなんだから、あきれちゃうね」

キンキンもおかしなことを言うなぁ、私はのんきなんかじゃないわよ、とそのときは思いました。自分がこわいもの知らずだとは思ってもいなかったのだと思います。

ところで、この舞台『私はシャーリー・ヴァレンタイン』を、私は今、またやってみたいと思っています。初演から20年あまりの年月を経て、自分がどこまでできるのかを見てみたいのです。演技の〝芯〟に向かって、どこまで深く掘り下げることができるか、この役をどのくらい深く生きられるか。そこに、私がこれまで深く生きてこられたかどうかが表れるような気がするのです。

まわりの人は、あの大量の台詞が入るはずがないんだから、無茶なことはやめたほうがいいと言うのですが……。

私はやっぱり〝こわいもの知らず〟なのかもしれません。

今こそ、またやりたい社会的な深いテーマの舞台

今だからこそ、もう一度やりたい舞台は他にもあります。『W;t（ウィット）』『肝っ玉おっ母とその子どもたち』、そしてもうひとつ、2004年に新国立劇場で公演した『請願―静かな叫び―』（※）です。

イギリスの劇作家ブライアン・クラークの代表作で、登場人物は、老夫婦である妻と夫だけというふたり芝居です。

※　英国の劇作家ブライアン・クラーク作の老夫婦のトークバトル劇。

80年代、ロンドンの知的階級の家庭が舞台で、夫はいわゆる〝右寄り〟の人。妻も知性的な人で、社会的な問題にも関心がある。リビングでそれぞれ新聞を読んでいるシーンから始まるのですが、読んでいる新聞から、このふたりの思想や社会に対する関心の持ち方が同じではないのだろうな、ということがなんとなくわかります。

核兵器反対の新聞広告に妻の署名があるのを、退役軍人である夫が見つけ、妻を責めます。そこで、火蓋が切られます。これまで口にしなかった、相手への疑問や不満や批判、恨み、つらみも一気に噴き出します。妻は、実は余命3ヶ月だということを夫に告白し、夫は妻が浮気をしていたことを知っていたことを告白します。

表面的には喜びも苦しみもともに乗り越えてきたかに見える夫婦が、こんなにも別々の思いをもって生きてきたことが露《あら》わになります。それでいて、長年連れ添った夫婦ならではの情はやはりあるのです。

「環境問題」「原子力エネルギーの問題」「人が老いて死ぬということ」「次の世代のために正しいことを選択すること」など、この夫婦がやりとりする会話の中に、今の日本で生きる私たち、だれもが身につまされ、考えさせられる問題が満載なのです。

芝居の終盤、妻のモノローグのところがあるのですが、私は毎回、その台詞を言うと胸がいっぱいになって、涙で目の前が揺らぎました。死に向かっているとわかったとき、彼女はこう言います。

「宇宙から地球を見た宇宙飛行士は、自分の住む地球をとてもいとおしく、誇らしく思うって言うでしょ？　私も同じ。でも、私の場合、宇宙飛行士と違って、もう二度と地球には戻れない。それだけになおさら、地球がいとおしく、大切に思えるのよ。少なくとも、私がそこに生きていた間、地球は美しいままだった。汚れたり壊れたりはしなかった。地球が私から見えなくなる前に、それだけは確認しておきたいの。

振り返ったら、大きなひび割れが次々と入って、毒ガスの中で砕け散っていたなんていうことのないように、見届けておきたいのよ」

胸の詰まる言葉です。そして、今こそ、言いたい言葉です。

エンターテインメントな楽しい舞台を、お客さまが、あ〜、面白かった、と喜んでくださるのは、もちろんなによりも嬉しいことです。でも、この『請願』のように、人間というものや人生について、深く考えないわけにはいかないようなテーマを含んだ舞台にも、私はやりがいを感じます。

映画の魅力を新たに発見

「草笛さんは、女優として、舞台と映画どちらが好きですか。舞台と、映画やドラマでは、〝役づくり〟や〝演技〟に違いはありますか」

そんな質問をときどき受けることがあります。

これまで出演した映画はたぶん130本くらいだと思います。舞台のほうもちゃんと数えたことはないのだけれど、50作品ぐらいではないかと思います。テレビドラマは数えきれません。

さて、どれが好きかというと、今は、本当に舞台も映画やドラマなどの映像の仕事も、両方とも面白いのです。

少し前までは、そうではありませんでした。自分は映像には向いていないと思うことも実はありました。

というのが、映画は〝缶詰〟に入れられる、という感覚が私には長い間ありました。ひとつのシーンで「OK！」が出れば、もうやり直しがきかずフィルムにおさまってしまう。

フィルムに焼きついたものは最高でなければならないはず。にもかかわらず、自分としては、もっとよくやれたのに、と思うものでも、公開日がくれば、それが大きなスクリーンに出てしまうわけです。そして、一度〝缶詰〟にされた映像はビデオやDVDになって、何度も同じものが再生される。

それが私には、辛いことでした。だから、過去に自分が出演した映画を観直すということはほとんどしたことがありません。

ところが、このごろは〝缶詰〟がイヤではなくなりました。撮影する現場で、こうしたらどうだろうか、ああいう手もあるね、などと監督さんととことん話し合って試行錯誤することが、楽しいのです。試行錯誤した末の〝缶詰〟なら、「もっと、ああしておけばよかった」という忸怩《じくじ》たる思いはあまり残らないのかもしれません。

役作りや台詞の覚え方に関しては、舞台と映像ではかなり違います。舞台は、最低でも1ヶ月、時間をかけて稽古をします。2時間半の舞台なら、2時間半という時間の流れごと、体をどう動かし、どういう台詞をいうか、その「まとまり」が体に入っていきます。だから、公演中は、幕があけば、一定のテンションをキープして、その2時間半分の「まとまり」を舞台にのせていくことができるのです。

映画やドラマの場合は、集中力が勝負です。撮影前に数回、リハーサルやテストをするとはいえ、初めてのシーンの連続。ストーリーの順序どおりではなく、バラバラに撮ることもよくあります。撮影するシーンの登場人物に、瞬時にならないといけないのが、舞台とは違うところです。撮影の予定が変更になって、急に「午後からこのシーンを撮ることになりました」と決まったら、ロケ場所に移動するバスの中で台詞を一気に入れる、なんてこともあります。

それから、舞台と映画は、演じているときの〝空間〟が決定的に違います。

舞台は基本的に建物の中にあり、お客さんが座っている席と向かい合わせの位置にある台でやるお芝居です。観客という、〝生もの〟の反応が、役者の演技に影響を与えます。そのライブ感、観ている人と、演じている人が一体になるような空気感は舞台ならではの面白さです。

一方、映画の場合は、あたりまえのことですが、観ているお客さんはそこにはいない。そして、〝空間〟は特定されていません。大きな建物の中にセットを組んで、その中で撮影するシーンもあれば、屋外で撮影するシーンもあります。屋外だと、季節や場所によっては過酷な環境になることはよくあります。

でも、このごろわかったのは、映画のロケでの過酷な自然、夏の照りつける太陽も、冬の吹雪も、全部、私の〝共演者〟だということ。

吹雪の中のシーンなんて凍って口が回らなくなります。そのなかで大きな声でしゃべれば、必死の形相になります。そのリアリティは画面にちゃんと出ますから、自然が私の演技を助けてくれるというところがあるのです。

そんなことも感じるようになって、一段と映画の仕事も面白くなってきました。

鬼のような老婆の〝女心〟に泣けてしかたなかった

今ごろになって映画の仕事が面白くなってきたのは、第1章でも少しふれた、2011年の映画『デンデラ』のおかげも大きかったかと思います。

60年間近く女優をやっていますが、〝百歳の老婆〟の役は初めてでした。その設定を聞いただけで、これは大変だと思いましたけど、百歳を演じる自分を見てみたいと思ってお引き受けしました。自分のことを面白がるというところが、私にはあるようです。

この映画では、特殊メイクも経験しました。顔にゴムなどをはりつけて、深いシワやシミ、肌が乾燥して固そうな感じを際立たせていきます。普段だったら消してしまいたい顔の欠点を反対に〝強調〟するのですから、それはそうとうひどいことになります。初めて、この役の特殊メイクをしてもらったとき、鏡で自分の顔を見て、ゾッとしました。まるで、「猿の惑星」。

でも、おかげで、自分がきれいに映るかどうかなんてまったく考える必要はなく、三ツ屋メイという強烈な個性をもった百歳の老婆として、この物語に飛び込めばいいのだ、という覚悟が決まりました。

過酷な自然も映画の〝共演者〟とはいえ、これまで経験したことのない過酷な環境でした。

ロケは冬の山形県庄内地方。北国の厳しい自然の猛威と闘いながら、老婆たちが生きるために立ち上がっていく物語ですから、撮影は豪雪の1月、2月に行われました。

全身で合計22個のカイロを貼って外に出ていましたが、それでも体の芯まで冷えてしまうほど、雪山は寒かったです。宿泊しているホテルからロケバスで屋外の撮影場所に移動するのですが、問題はトイレです。たびたびトイレに行くわけにはいかないので、できるだけ水分をとらないようにがまんします。かといって、水分をがまんしすぎて脱水症状をおこすといけません。そうした調節にも、工夫のいることでした。

ところで、この映画の中に大好きなシーンがあります。三ツ屋メイが、夜、たき火の前でひとりで髪を梳《くしけず》るというシーンです。

自分のことを「人の感じがしねえ、鬼だな」という思いで生きてきた彼女が、ただ一度、女に戻る場面です。

季節は雪解けのあと。ふと、彼女は自分の髪をとかそうとするのですね。櫛《くし》の代わりに使えそうなものといえば、そのあたりにほうってあった魚の骨ぐらい。それを、そっと髪にあてます。彼女がずっと封印していた〝女の心〟が悲しくて、脚本を読んだときから、このシーンは泣けました。

撮影のときに、このシーンのテスト撮影になると、泣けてしかたありませんでした。メイというキャラクターを考えると、泣く演技をしたくなかったのだけど、それでも、どうしても涙が出てしまう。それなら、メイらしく涙を流すという演じ方もあるだろうか。ワッと泣ければ、わかりやすい感動的なシーンになるだろうか。などと、いろいろ考えないわけでもありませんでした。

だけど、あまりにもテストで泣いてしまったせいで、涙は涸《か》れてしまいました。演技の技術的なことや、その効果のことをあれこれ考える余裕はなくなり、私の心の中はメイの気持ちそのものになってしまいました。

結局、本番では涙は出ませんでしたが、それがOKになりました。あとで、

「ごめんなさい。テストで泣きすぎて、本番はもう気持ちだけでやったら、あんなふうに涙を流さないメイになりました」

と言ったら、監督はひとこと、

「いいんです、それで」

と、おっしゃいました。

人間、泣けるということは、まだ心のどこかに余裕があるのかもしれません。涙が頬を伝って流れ落ちることで、自分で自分を癒せる。自分を「よしよし」と慰めることができる。涙にはそんな「甘さ」や「優しさ」があります。だから、人は泣けるものを求めたりするのでしょう。

けれども、甘さの入り込む余地のない、本当の悲しみだけに覆い尽くされているときには、涙も出ないものです。

長い間、女優をやっていると、こんなふうに役を通して、自分の実人生などでは

ありえない量と質の感情、嬉しい感動も、地獄のような苦しみも、絶望的な悲しみも、経験してしまいます。

変わった商売だなと思いますし、ラクなことではないと今も思っています。

だけど、もっともっと、いろんな役をやってみたいのです。

どうしてなのかは、自分ではわかりません。

「女優だから」と答えるほかありません。

第4章 〔人間関係〕 群れずに、出会いを大切に

親しい間柄だからこそ距離感が大事

小さなころから人見知りで、ひとりで遊んでいた子供だったので、大人になってからも、そんなところが残っていて、人間関係はずっと苦手でした。

人との関係というのは、生きていく上で一番難しいところで、この気苦労がなければ、どんなに楽で自由で、気に病むことも減るだろうかと思ってきました。

けれど、このごろはそれほど深刻に悩まなくなりました。私なりのつきあい方でいいじゃないか、と思えるようになったからです。

〝私なり〟というのは簡単に言うと、〝狭く、長く、適度な距離をもって大切に〟というところでしょうか。

そもそもが、社交的な性格ではないので、積極的に人間関係を広げるということがないのです。でも、いったんつながりができて、お互いに通じるものがあると、つきあいは長く続くタイプです。

世の中には、合う人と合わない人がありますね。いい人か悪い人かではなく、

〝組み合わせ〟や〝相性〟の問題です。

「この人、私とは合わないな」と思うと、あちらもそう思っていることが多いものです。だから、そんなにはお互いに近寄らない。距離のあるまま、特にそれ以上は親しくなることもなく、知人同士であり続けるというつきあいがあってよいと思います。

大事なのは、かなり親しい間柄の人との距離感。これが難しいところです。一緒にいると楽しいからといって、あまりくっつくとうるさがられたり、面倒くさがられたりします。

特に、仕事でつながりのある人とは、ベッタリつきあうのは私の性分に合いません。お互い信頼した上で、節度をもってつきあっていくのがいいなと思っています。

もちろん、頼りにしたり、されたりということはあります。心を許した人には、「困っていることがあるの。どうしたらいい？」と相談することもあります。ただ、近い距離のつきあいをする相手でも、これ以上は踏み込んではいけないという一線はあり、そこは越えてはいけない気がします。

長い間、友達だと思ってつきあっていたのに、本当の友達ではなかったのだ、と気がついて、ショックを受けるようなこともあります。なんでも話せるし、わかってもらえるだろうと思っていたけど、実はなにもわかってもらっていなかった、ということもあります。だけど、それは相手が悪いのではなく、こちらの甘えだったり、勝手に期待をしていただけ、ということもあるのではないかと思います。

妬ましい顔をされたり、遠回しの皮肉を言われたり、ということはよくあることです。

役者同士ですと、そういうことに敏感な者同士なので、「あ、今、言葉の毒が刺さった」と感じることもあります。

けれども、まぁ、それも女優という仕事をやっていれば当たり前のことなのだろうと思うようになりました。

つきあうのはしんどいなと気がついたときは「まぁ、仕方ない」と、潔くつきあいをやめてもいいと思います。本心は友達ではないのに、表面だけ仲よくするというのは気持ちがよろしくないです。

「人は人。自分は自分」と、いうのが私の考えの基本にあるのです。

そんなふうに、去る者は追わず、群れない主義でやっていると、年々、人づきあいが減るばかりかというと、案外そうでもありません。

背を向けて去っていく人がいれば、その代わりに「あら、こういう方がいらしたのね」と、新しい出会いもあります。

出会ったときは、「こんな私でよかったら、つきあってね」と、〝光子の窓〟を開けてしまいます。

そうやって、つきあいが始まる相手もいれば、相手はいつまでも窓を閉じたままということもあります。

いろんな方との出会いが絶えずあり、ある人は去り、ある人とはおつきあいが長く続くことを思うと、人とのつきあいは流れていく川のようなものです。動かず、入れ替わることもなく、ひとつところにとどまっていると淀んでしまいます。いつも動いて、流れることで、水は澄んだ状態でいられます。

この年齢になってやっと、人間関係についてそんなふうに思えるようになりました。

親友のひとことで、〝新聞人間〟になった

私は、退屈ということを味わったことがありません。やりたいことがいつもあります。あそこに行ってみたい、あの舞台を観に行きたい、と思い立ったら、すぐ動きたい。動きたいのに動けないことが、自分にとっては何よりも辛いことだから、大病はしたくないなと思います。

そういえば、以前、入院をした経験があるのですが、そのときでさえ、退屈しませんでした。腕に点滴の針を入れたまま、点滴の薬を下げたスタンドを引き連れて、病院の中をキョロキョロと見まわっていました。消灯時間からは、ろうかに出てストレッチなどしてました。

そんな性質ですから、休みの日にうちで過ごすときも、まったくの退屈知らずです。

新聞を読むのが大好きなのですが、忙しくて読む時間がない日もあります。そういう日の新聞はちゃんととっておいて、時間のある日にまとめて読むのです。休み

の日は、それを消化するだけでも大忙しです。

私がそんな〝新聞人間〟になったのは、若いころから親友だった女性のひとことがきっかけです。彼女は映画誌の編集部に勤めていた人で、必要なときに、必要なことをビシッと言ってくれる、シャープな知性のある人でした。もう何年も前に亡くなりましたが、今も、彼女が生きていてくれたら、と思うことがよくあります。

30代のころ、おしゃべりをしていたときに、彼女が、

「最近、なにか面白いものを読んだ？」

と、私に聞きました。

「いいえ。最近、時間がないから、小説が読めないのよ」

と、答えたところ、

「なにを言ってるの。読むべきものは、小説とは限らないでしょ。新聞があるじゃない。

新聞には、すごいドラマが毎日あるのよ。そのドラマをひとつひとつ読み解いていったら、あなた、女優としてとてもいい勉強になるんじゃない？」

と、彼女は言ったのです。

なるほどね、と思って、翌日から私は新聞を必ず読むようになって、その習慣が

今もずっと続いているというわけです。

彼女が言ったとおり、新聞を読むと、いい勉強になります。一般的には、情報や知識を得るという意味での勉強になるのかもしれませんが、女優としては、想像力を広げる訓練にとても役立つのです。

たとえば、夏の猛暑の日、車の中に幼い子供（2歳）をおいて、母親（40歳）がパチンコに熱中する。車にもどってきた時、子供は熱中症で死んでいた、という痛ましい事故の記事を読んだとします。

「40歳の女性か……。40歳ごろの女って、心の中にいろんなものを抱えているのよね。

子供は2歳、とあるけど、ほかにも子供はいたのだろうか。

何時間も子供をほったらかしにしても平気なくらい、パチンコってものは面白いものなのだろうか。この母親に注意してあげる人はいなかったのだろうか。

いや、母親の中にも、悪魔みたいな心が宿っていて、子供が邪魔になった事情があって、熱中症になるとわかって、おいてきたのかも……。

母親は事件のあと、どんな人生を送っているのか。10年後、この人はどこでどうしているのか……」

こうなったら、ミステリードラマです。台本を読み込むのと同じように、この人物の精神状態や、周囲の登場人物の反応などを思い浮かべながら、想像はいくらでも広がっていきます。

新聞は小説と違って、出来事の経緯が客観的に書いてあるだけなので、想像力をはたらかせる〝余地〟が多いのです。その意味でも新聞は最高の題材です。

親友だった彼女のひとことを今さらながら、ありがたく思います。人からいただいた、いい言葉は人生の宝です。

掛け替えのない女友達の岸惠子さん

岸惠子さんとは、長いつきあいです。女優同士としての友情というより、普通の女同士としてのつきあいをしてきた、掛け替えのない女友達です。

同じ横浜生まれで、学年は1年違いますが、女学校が一緒で、彼女も私も舞踊サークルに入っていました。

芸能界に進む生徒はめずらしい学校だったにもかかわらず、同じころに、彼女は映画の世界に、私のほうは歌劇の世界に入りましたので、芸能界への入り口は違えど、一緒に育ってきたという気がします。

お互いに忙しいし、いろんなことがありましたから、何年間も会わなかった時期もありますが、会わない期間がどんなに長くても、会って顔を見たら、「それでね」と、まるで先週の話の続きをするかのように、しゃべり始めます。

普通、女優同士では、相手に聞いたり、言ったりしないようなプライベートなことを、彼女とはたっぷり語りあったものです。

私の打ち明けた辛い話に彼女が涙を流したこともあるし、もちろん、その逆もありました。

「男の好みは全然違うけど、私たちに共通しているのは、金持ち面《づら》した男は嫌いだということね」

なんて、笑いあったこともありました。

性格は対照的かもしれません。岸さんは考えがはっきりしていて、それをちゃんと言葉に出す人で、情熱的で行動的。私は、考えや気持ちをうちに秘めて、あまり外に出さないタイプ。

以前、テレビ番組『徹子の部屋』に岸さんと私が一緒に出させていただいたとき、黒柳徹子さんが、「あなたがたおふたりが仲のよいお友達だったとは、知らなかったわ」とずいぶん驚いていらっしゃいました。はためには意外な組み合わせに思えるのかもしれません。

それにしても、人と人の関係というのは面白いものです。自分と似た相手なら理解できるというものでもないようです。

ようは〝心の言葉〟が通じるかどうか。普通の女として、人間として、お互いを信頼して、胸のうちを見せられるかどうか。

そういう女友達がいることは嬉しいことです。

兼高かおるさんとの尽きないおしゃべり

話の尽きない女友達といえば、兼高かおるさんも〝心の言葉〟で語り合える、得難いお友達です。

ご存じの方も多いと思いますが、兼高さんは、1959年から長年にわたり、『兼高かおる 世界の旅』というテレビ番組をやっていらした方です。

たくさんの国を訪れ、ご自身で取材をされ、ディレクター兼プロデューサー兼出演者、とひとり何役もつとめ、中身の充実した、とても面白くてためになる旅番組を作っていらっしゃいました。

番組が始まったころは、一般の人が海外旅行をするのはめずらしい時代でしたから、兼高さんの番組を見て、海外に憧れ、いつかは行ってみたいと思う人が日本中に増えたことと思います。

最初は、兼高さんからうかがう、海外のお話に惹《ひ》かれまして、「私も行ってみたいわ」と言ったら、当時のパンアメリカン航空のミスター・ジョーンズ（大相撲の表彰式での「ヒョー・ショー・ジョウ」でも有名な方です）が、「エブリシング、O.K.」と、おっしゃってくださり実現しました。

それで、兼高さんが海外のあちこちを移動する間、ローマで落ち合って、『世界の旅』にちょっと出演しました。ローマの一流美容院で、売れっ子の男性美容師に化粧をしてもらうシーンでした。頬を赤く丸くぬられ、これがイタリア人の思う日本風なのか、とびっくり！　（日本の方には見せられない顔でした。べそかきました）

年齢は兼高さんのほうが5つぐらい先輩ですが、余計な気を遣わなくてよくて、気も合うのです。

自分自身はずっと東京で生活しているのに、なぜか私は、世界を旅したり、世界をまたにかけている人と気が合います。兼高さんがまさにそうだし、岸惠子さんもフランスで暮らしていた人だし、朝倉摂先生もしょっちゅう海外と日本を行ったり来たりしている方です。

必要に迫られてとか、勉強のために行くとか、目的も事情もそれぞれですが、彼女たちは外国に行くと、胸も広がってホッとするような、ラクな気持ちになれるのよ、とおっしゃいます。

縛られるのが好きじゃない。群れるのがイヤ。そういう気質が彼女たちに共通してあり、私は東京暮らしだけれど、気持ち的にはそういうところがあるので、〝海外組〟と気が合い、楽しいつきあいができるのかもしれません。

兼高さんは、今もほうぼうへお出かけになり、忙しくお過ごしです。それで、このごろは、電話でお話しすることが多いのですが、政治問題、社会問題から、日常のなんでもない笑っちゃう出来事まで、話のネタは尽きませんから、あっという間に1時間ぐらいの長電話になってしまいます。

このごろは、健康相談みたいなこともあります。私がパーソナルトレーナーにト

レーニングを受けているのをご存じなので、

「足がちょっと痛いんだけど、こういう痛みの場合は、どういう体操をしたらいいの？　コータロウくんに聞いておいてくれる？」

なんて電話がかかってくることもあります。

また、別のときには、

「ニースに一緒に行きましょうよ。あそこには、知人が日本料理店をしていて、お金持ちでヒマなおじ様方がいっぱい来るんですって。そういう人とお近づきになるっていうのはどう？」

なんて、おっしゃる。

「あら、でもそれじゃ、結婚しても、すぐ老人介護じゃない」

「大丈夫よ。相手にお金はあるんだから、専属の看護師さんを雇ったりすれば、なんとでもなるわよ。老後には、健康と時間と自由とお金が必要よ。それで、夫が亡くなったあとに、年下の彼氏を作ればいいんだから」

「あら、そんなにうまくいくかしら」

「そんなこと、あなた、私にわかるわけないじゃないの」

このあたりで、いつも話は堂々めぐりとなります。

この年齢になったからこその、冗談とも、本気ともつかないような、女同士のおしゃべりも楽しいものです。

"ステッキボーイ"と遺言状の書き方

若いときは、男性と女性の関係といえば、恋人か夫婦か、または、男女としての感情はぬきの気の合う仕事仲間、というふうにわりとシンプルに区分けができるものだったように思います。

年齢を重ねると、そのどれにもあてはまらないようなつながりができることがあります。

兼高かおるさんと、彼女の仲良しの男性の関係も、そんなふうな、どれにもあてはまらない、素敵な関係です。

兼高さんとある日、彼女の事務所でおしゃべりをしていたら、

「今日はね、このあと、もうすぐ彼が来るのよ。なにかおいしい食べ物を買ってきてくれるのよ」

とおっしゃるのです。しばらくして登場したのが、40歳前後ぐらいの、スラッとした男性です。

どうやら、仕事でつながりのある方らしいのです。仕事で一緒になることもあるし、けれど、仕事を直接していないときにも、時々、仕事場に顔を見にきてくださり、兼高さんが海外に旅行に行くというときに、空港までの送り迎えをしてくださったりするのだそうです。

年下のボーイフレンドとか恋人、というのともちょっと違う感じで、ただの仕事の相手でもない。その方が兼高さんのことをとても尊敬なさっていて、彼女のことを大切に思われている。だから、お姫さまを扱うように接していらっしゃるのだなと、私には感じとれました。

兼高さんが椅子から立ち上がるときには、脚をいためている兼高さんを気遣って、さりげなく、さっと手を差し出して支えてらっしゃる。その姿がなんとも、優しくて清潔感のあるジェントルマンな感じで、いいのです。

「いいわね」と私が言うと、兼高さんは、

「いいでしょ。外を歩くときは、ころばないように彼が手をつないでくれるの。ステッキがいらないのよ、だから、名づけて、素敵ボーイ」

「あっ、ステッキボーイね」

「ええ、そうそう」

などと、話しました。

私のまわりにステッキボーイはいるだろうかと見まわしたところ、どうも、素敵なステッキボーイは見当たりません。

パーソナルトレーナーのコータロウくんは、手をさしのべてくれるどころか、

「自分で歩いてください！」と言うだけです。私を甘やかさないのは、彼の仕事でもありますから、これはしかたない。

年下の男性の役者さんたちと食事にでかけたり、お芝居を観にいったりするときは、

「草笛さん、こっち、こっち。そこは階段だから、気をつけて」

と、手を添えてくれたり、

「今の間に、トイレに行ってらっしゃい。僕はここで待っていてあげるから」

などと、みんな、面倒見はいいです。けれど、お姫さまに対する扱いとは程遠くて、まったくさっぱりしたもので、色気も素っ気もありません。

でも、男と女という意識をこえて、遠慮のない言葉でおしゃべりしながら、こち

らがつまずいたりしないように、足元を注意してくれる。そんな年下の男性の友達が何人かいてくれるのは、この年になってみると、いいものだなと思います。

ところで、あるとき、兼高かおるさんとおしゃべりしていて、ひょんなことから、「自分が死んだあとのこと」についての話になりました。

彼女も私と同じく、夫も子供もいない独り身。彼女は、今のうちにちゃんとしておくべきという考えで、何をどうするということを遺言状にしているのだそうです。取材中は毎年、最初の海外出発前に新しく書いていたそうです。しょっちゅう飛行機に乗って、世界を飛び回っている人は、そういうところはキチンとしているのですね。

私はまったくそういうところがダメで、なにも考えていないのよと言ったら、「簡単なことよ。『遺言状の書き方』という本の必要なページのコピーを送るから、それを参考にすれば、すぐ書けるから」

と送ってきてくださいました。

けれども、私はそのコピーを、未だにちゃんと読んでいません。

あまりにきちんと、「はい、これでOK。いつ、なにがおきても大丈夫」と準備が整ってしまうと、本当にそんなことになりそうで、気がすすまないのです。

越路吹雪さんと最後に会った日のこと

人生の中で、だれもが避けて通れない悲しみがあります。家族や親しい友人との別れです。

大好きだった人たちは亡くなったあともしっかりと、私の心の中に住んでいて、ときどき私の前に現れます。

たとえば舞台に出る直前、舞台袖の暗闇で。何百人というお客さまの前に出ていく直前、本当に孤独でひとりぼっちの時間に現れるのは越路吹雪さんです。

彼女を感じたら、私は舞台袖でこう語りかけます。

「さあ、出番よ。コーちゃん、いいわね？　一緒に出ましょう」

そして、舞台のライトの中に身を投げ出します。

越路吹雪さんとは、長いつきあいでした。宝塚歌劇団を退団された後、シャンソンを歌い、舞台女優としても、ミュージカルにも出られていました。舞台でご一緒する機会があって、知り合いになったのだと思います。

年は9歳、彼女のほうが上で、仕事の上でも大先輩ですが、なにか気の合うところがあって、「ちょっと遊びにこない？」なんて声をかけてくださると、私も「行く、行く」とふたつ返事で出かけたものです。子供のころの話から、歌や舞台の話、いろんな話を聞かせていただくうちに、″コーちゃん″、″クリ″、と呼びあう間柄になりました。私の本名が栗田なので、親しい仕事仲間は私のことをクリというので、コーちゃんも私のことをそう呼んでいました。

生前のコーちゃんに最後に会ったときのことは、今もよく覚えています。コーちゃんは本当にイヤになっちゃうぐらい、私の頭の中に絶対に忘れられないシーンを残していきました。

彼女が亡くなる1週間ぐらい前のことだったと思います。私がちょっと買い物に出かけた先で、ばったり会いました。彼女はそのころ、体調がよくなくて、入退院を繰り返していたのを人づてに聞いていたので驚きました。

「あら、どうしたの」と言いながら、彼女の手をとると、手が熱いのです。

「あれ？　熱がある？」

「うん、ちょっとね。でも、今日は買い物をしようと思うんだけど。これを初めて使うのが楽しみなのよ」

と、コーちゃんは言いました。彼女の親友でマネージャーでもあった、作詞家の岩谷時子さんがクレジットカードをコーちゃんに持たせたようでした。

「買い物したくて、病院を抜け出してきたのよ。嬉しい」

と言いながらも、コーちゃんの表情は病の疲れからか、けだるそうでボーッとしていました。

「じゃあ、一緒にまわりましょうよ」

と、私は言いました。

彼女の熱のある手に触れたとき、今日のこれからの数時間をこの人に捧《ささ》げようと思ったのです。

「あんた、あのバッグ買いなさいよ。私たち女優はああいう小さなバッグを大きなバッグの中に入れて持ち歩くのよ。そしたら、夜、お呼ばれの席に行くとき、小さいのだけ持って出かければいいんだから」とか、

「あの革のコートも買いなさいよ。きっと似合うから」

と、彼女がすすめます。

芸能界の中でも飛びぬけておしゃれな人で、買い物も大好きなコーちゃんらしく、店をまわっているうちにだんだん元気になってきたように見えました。

それが私は嬉しくて、値札を見て、ちょっと高いとは思ったけれど、いいや、買っちゃえと思って、コーちゃんのおすすめのバッグもコートも買いました。

「あら、このブラウスいいじゃない。お揃いにしようよ」

というので、ふたりで試着室で裸になって、ブラウスを着てみました。

「この襟のボタンをちょっと外して着るのよ」

「え、外して着るの？」

「私のセンスを信じなさいよ」

「はいはい。わかりました」

と、お揃いで色違いのブラウスも買いました。コーちゃんのは何色だったかしら、私のは薄い草色だったと思います。

彼女に言われるままに、いろいろ買わされながら、私もとってもいい気持ちになってきて、あ〜、コーちゃんと遊べて楽しいなと思いました。

「初めてのクレジットカードだから、彼にネクタイを買ってあげたいの」と、ご主人の内藤法美さんのためのネクタイを選んで、そのついでのように、

「クリには、これ。これを見たら私を思い出して」

と、ロエベの細い革のブレスレットを買ってくれました。

「いい？　これを見たら、私を思い出して」

と二度も言うので、なんだか鼻の奥がズキンとして涙がこみあげそうでしたけれど、ここは芝居をしなきゃと思って、

「わーい、いい物買ってもらっちゃった。嬉しいな。ありがとうございます！」

と、笑顔で言いました。

そうして、「またね～」と笑いながら、彼女は車で病院に戻っていきました。

グレーの革のブレスレット、大事に大事に、もっています。

お別れのときの約束

その1週間ほどあと、名古屋のテレビ局でドラマの撮影をしているとき、ニュースで越路吹雪さんが亡くなったことを知りました。

最後に会ったときのコーちゃんの顔、笑顔で「じゃあ、またね～」と、手を振ったあの顔がうわっと浮かんで、どうしようもなくなりました。おいおい泣いて、それでも、あとからあとから涙が出てきてとまらず、撮影をいったんストップしても

らって、ようやく、なんとか収録を終えました。

　お葬式で、お棺の中のコーちゃんにそっと頰をつけました。コーちゃんの冷たいほっぺたに自分の頰を合わせて、私は彼女に約束しました。

「コーちゃん、あなたは56歳で死んだ。まだまだやりたいことがいっぱいあったでしょう。私は、あなたの生きた56歳までは、まずがんばるわ。それから先、まだ私が生きていたら、私はあなたのぶんまで生きるから。一緒に生きて、舞台に一緒に出よう。いいわね」

　そのお葬式から帰ってきて、最初の1週間、彼女は毎晩、夢に出てきました。

「コーちゃん、もういいよ。1週間、毎晩で、私はもう疲れたよ」

　と言ったのが、わかったのかどうか、そのあとは、時々しか出てこなくなりました。

　彼女が亡くなったあと、最初に私がやった舞台は、1981年芸術座での『泥棒家族』（※）でした。

　この舞台の衣装を作ってくださったのが、偶然、越路さんの衣装を作っていたフランスのデザイナー。髪は、越路さんと私は同じ美容師さんでしたので、その方にお願いしました。

※　美貌の女泥棒とその家族を描いた都会的コメディ。

越路さんのようにしてください、とどなたにもひとことも私は言ったわけではないし、彼女の真似をする気なんて全然なかったのに、舞台を観にきた方に、越路さんに似ていると言われました。

「あんまりそっくりなので、舞台に越路さんがいたのかと思った」とおっしゃる方までいました。

コーちゃんは、約束を守る人なのですね。約束どおり、一緒に舞台に出てくれていたようです。

それからあともずっと、私は、どこか、越路さんと一緒に生きているような気がします。特に舞台の仕事のときには、出てきてくれます。

彼女が亡くなったときの年齢をずいぶん過ぎた今、ふと、思います。

もし、コーちゃんが生きていたら、私が今、やろうとしている役をやったかな。

いやいや、「そんなバアさんの役なんてイヤだ」って、言うかもしれないな。

そして、私は、コーちゃんにそっとつぶやきます。

「いつまでも若くはないんだから、コーちゃんもいいかげんにバアさんの役もやりなさいよ。バアさんの役も面白いわよ」と。

恋には臆病、想いは胸に秘めたまま

相手が女でも男でも、いいお友達や仕事仲間には恵まれているなぁと思います。

ところが、「男運」ということになると、さっぱりだめです。

「あなたを優しく包んでくれるような優しい人が、あなたにとってのいい男なのに、あなたは、そういう人を見る目がないのよ」

と、母が生きていたころ、よく言っていました。

あたっていると思います。だから、母にお線香をあげるときに、時々、私は母に向かって、

「お母さん、そろそろ、私によさそうな人を選んで、うまいこと、私と出会うように仕向けてちょうだいよ」

なんて頼んでみるのですが、どうも、それらしい出会いはありません。

若いときから、「理想の男性は?」と取材などでよく聞かれました。このごろも、

「好きなタイプはどんな人ですか?」と聞かれます。

でも、理想もなければ、好きな〝タイプ〟もないんです。いま流行りの〝イケメン〟っていうのも、そんなに魅力は感じないです。むしろ、顔はどちらかというと、ちょっと壊れめくらいが好みです。壊れすぎは困りますけどね。それで、話が面白い人がいいですね。

ある時期は、フランソワーズ・サガンの小説に憧れました。サガンの小説には、年上の男と年下の男と、両方、素敵なのに挟まれたヒロインが出てきたりして、あんなのもいいわねと思ったこともあります。

だけど、恋というのは、相手が目の前に現れて、パッと火花が散ったその一瞬で決まることですから、〝理想〟はあって、ないようなもの。

目と目があった瞬間、特別なものを感じるということがありますよね。

ところが、私の場合は、そのあとがいけません。ハッとしたことを、相手にも、周囲にもさとられないように、自分の心の内に秘めてしまうのです。

「いいな」と思っても、近づく術も知らない、粉をかけるとか、媚態を示すということも一切できない。相手の姿を目で追いたいのに、目をそらして、逆に、フッと違うほうを向いてしまうたちだから、機を逃してしまいます。

以前、作家の渡辺淳一さんと対談をして、大人の恋とはどういうものかというよ

うな話題になったときに、

「草笛さんは、恋に臆病でダメだよ」

と、ズバッと言われました。

そのとおりだと思いました。

私は、好きになったら、深く好きになってしまう。だけど、自分が傷つくのはとっても怖いのです。

草笛光子は、舞台に立てば、役を演じて、恋多き女でも、強い女でも、なんでも演じることができるけれど、役を演じてなくて、さらに、草笛光子でもなく、まったくの素のままの本名の栗田光子はまるきり自分に自信がない人。

だから、臆病なのです。そのことを、渡辺淳一さんはすぐにおわかりになったのでしょう。

毅然としているようにみえる草笛光子の後ろで、これっぽっちの自信もなくて小さくなっている栗田光子のこともわかってくれるような男性が相手だったら、これからの恋が始まることもあるのかどうか……。

ちょっと想像がつきません。

息子や娘ばかりがどんどん増える

恋愛対象としてはモテないけれど、〝お母さん〟として、慕ってくる若者はけっこうたくさんいます。

2008年に『肝っ玉おっ母とその子どもたち』という舞台をやりまして、そのときの子供役だった3人は、私のことを「おっ母、おっ母」と呼んで、うちに遊びにきます。ひとりはロンドン、別のひとりはソウルで演劇の勉強をしてきて、もうひとりは今、演出の仕事をしています。芝居が好きな人ばかりで、集まると話は尽きません。

芝居の仕事を続けていくとなると、若いときは大変なこともたくさんありますし、何度も壁にぶちあたります。

自分も通ってきた道だから、その苦しみがわかります。やる気があって、なにかをもっている人は、やっぱり見ていて面白いです。志のある若者をなんとか伸ばしてあげたいとも思うのです。

うちの地下にある稽古場は、ピアノがあって防音設備もありますから、食べて、飲んで、しゃべって、そのうち、歌って、踊って、大騒ぎしても大丈夫。若い役者たちが、楽しそうにしているのを見るのは嬉しいものです。

「おっ母は、ほかに言わないから、つい相談したくなるんだけど」と言って、恋愛相談を受けることもあります。

「ああ、そりゃよかったわね」と聞いているだけのこともありますが、

「なに？　年齢差がありすぎだという理由で親が反対してる？　それは納得いかない。私が、出て行こうか？　親に説明しようか？」

なんて、ひと肌脱ぐ勢いになることもあって、〝おっ母〟もなかなか大変です。

それにしても、思い返してみると、お芝居の上とはいえ、ずいぶんたくさんの人の〝親〟になったものです。

一番、年上の子供というと、渡哲也さんかと思います。先日、お会いしたとき、「私のことを、もうお母さんなんて呼ばないで」と言ったら、「もう言いません」とおっしゃいました。

私の息子役だった渡さんが、〝おじいさん役〟をおやりになるのですから、こちらはおじいさんのお母さん……？　イヤになっちゃいます。

寺尾聰《あきら》さんは息子役をやったあと、よくうちに遊びにきていました。ひとりでは気まずいと思ったのか、いつも同じ年頃の青年と一緒にふたりで来て、うちでギターを弾いていていました。私が仕事に出かけて、帰ってきたら、まだ、いました。曲を作るのにちょうどよかったのかもしれません。できあがった曲をテープにとって、

「どの曲がいいと思う？」と聞かせてくれて、

「そうね、私が好きなのは、この曲かな」と言ったら、

「あ、そう。でも、今、ヒットしているのはこっちの曲なんだよ」

なんて、言っていました。その曲が「ルビーの指環」だったように思います。

舞台『6週間のダンスレッスン』を一緒にやっていた太川陽介くんとは、30年以上前のテレビドラマ『熱中時代』（※）で、母親と息子でした。けれども、この舞台では、太川くんがダンスの先生で私が教わる側。しかも、曰く言い難い〝情〟、男と女の感情もからまってくるストーリーです。

この芝居を太川くんと共演することになったとき、

「私を絶対に親だと思っちゃダメよ。女と思え！」

と言ったら、「は、はい……」と太川くんは苦しそうな顔をして、返事に困っていました。

※　1978年にスタートした、北野先生と小学生たちを描く学園ドラマ。

長いつきあいの水谷豊さん

『熱中時代』といえば、水谷豊さんもあのドラマ以来のおつきあいです。豊さん演じる新米教師が校長先生の家に下宿していて、私は校長先生の奥さん役でした。

今から20年以上前のこと。うちでジャズミュージシャンたちと飲んだり、食べたりする会を開いたことがあって、その会に豊さんも来ました。明け方近くまで飲んで、みんな、パラパラと帰って行ったのだけど、豊さんは帰る気配がない。母が、「豊さんの朝ごはんどうする?」と言って、朝食を一緒に食べました。

そのときに、豊さんが、そっと、

「実は……。僕……。結婚をするんです……」

「あら、だれと?」

「あのぉ、ランちゃんと……」

「ランちゃんって?」

と、私が言ったら、

「元キャンディーズの伊藤蘭さんです」って。

豊さんはやっと言えた、という顔でした。

かわいい人だなあと思いました。

豊さんとはそのあとも、映画やテレビで共演をすることが何度もあり、プライベートでもお食事を一緒にしたり、途切れることなくつきあいが続いています。芝居の話に限らず、なんでもない世間話でも、話題が尽きることがありません。

「たぶん、種《たね》が同じなんだね」

と、お互いに言うことがあります。年齢や性別にかかわらず、判断の基準が似ていたり、大事に思うことが近いもの同士なのかもしれません。

豊さんの出ている人気シリーズのドラマ『相棒』に、2009年に園芸が趣味の老女の役でゲスト出演した「ミス・グリーンの秘密」の回では、豊さんが刑事で私が犯人でした。

そして、2012年公開の映画『HOME 愛しの座敷わらし』(※)では、久しぶりに親子です。ただし、息子は中年男で、母親は少し認知症という役です。

「年をとったのは自分だけではないなぁ」と、こういうときにつくづく感じます。

※　あるサラリーマン一家の再生をユーモラスかつ感動的に描いた家族映画。

すごい〝吸い取り紙〟の宮本亜門さん

演出家の宮本亜門さんとも、30年以上のつきあいになるかと思います。仕事でご一緒したのは、『ジプシー』『シカゴ』(共演)や、『狸御殿』『グレイ・ガーデンズ』(亜門さん演出)などですが、彼がうんと若かったころから知っているので、今も私は亜門くんと呼んでいます。

亜門くんは〝吸い取り紙〟でした。私が出演した舞台『シカゴ』の演出のためにジーン・フットが日本に滞在していたときも、ジーン・フットにべったりくっついて、食事やお酒の時間にも質問をなげかけ、ミュージカルの演出の仕方やショービジネスに必要なことをぐんぐん吸い取っていました。

そのころ、チタ・リベラが銀座博品館でショーをやったことがありました。ブロードウェイの大スターのチタですが、日本ではまだあまり名前が知られていなくて、席が空いていて困っていると関係者から聞き、私と亜門くんで、すぐに駆けつけました。

前から二番目の席を陣取って、ふたりで、「チタ〜!」とか「キャー!」とか声を出して、「こんな素晴らしいブロードウェイの女優を、みなさん知らないの?」とばかりに大騒ぎをしました。

ショーのあと、チタや彼女のマネージャーたちと食事に行ったときも、亜門くんは、熱心にチタたちの話を聞いていました。

教えてもらう、というより、自分から吸い取る。その情熱と行動力があったから、彼はすばらしい演出家になったのだと思います。

これは、どういう職業にも通じることのように思います。

また、彼はとても優しい心遣いのある人です。私の母が亡くなったときには、海外に行っていた彼からお手紙をいただきました。

亜門くんは、昔、舞台に初出演する日の朝、お母さんが亡くなられたそうで、私の気持ちをわかってくれたのでしょう。胸のつまるようなお手紙でした。

そのお手紙は、今も大事に引き出しにしまってあります。

山口百恵さんの〝みごとな女の資質〟

〝娘〟として忘れがたいのが、山口百恵さんです。もう、36年ぐらい前のことになりますが、テレビの『赤い衝撃』（※）という連続ドラマでのことです。

そのドラマのプロデューサーから、「草笛さんに百恵ちゃんのお母さん役をやっていただきたい。まずは、彼女に会ってください」と言われ、どこかのスタジオで、百恵さんに会いました。あいさつをして、短い会話をした程度のことだったと思います。

それからしばらくたって、プロデューサーに私はこう言いました。

「この前、会ったあとに思ったのだけど、百恵ちゃんのほうがお母さんのようで、私のほうが子供のような気がしました。娘のほうが〝できた女、みごとな女〟で、母親のほうが人間としては未熟で欠点だらけ。親子の中身が逆になったような、そんな母親と娘を描いてくださいと作家の方に言ってみてください」

当時、私は40代の前半で、百恵さんは17歳ぐらい。けれど、年齢とは関係なく、

※　TBS系列で1976年に放送されたテレビドラマ。赤いシリーズ第４弾。

できた女という人はいるもので、私は百恵さんにその資質を見たのです。

するとプロデューサーは、

「なるほど。そういう手がありますね。そう提案してみます」

とおっしゃいました。

女性のプロデューサーだったこともあり、私の言ったことにすぐにピンときたのだろうと思います。

そのドラマ『赤い衝撃』で、百恵さん演じる友子という娘は、陸上競技の選手として活躍していたのに、新田という新米刑事が犯人逮捕の時に放った銃弾が当たるという事故で、下半身不随になります。やがて、その刑事と娘が惹かれあい、母親はただおろおろするばかり。その刑事役が三浦友和さんでした。

そういえば、浅間山の頂上付近、私は和服姿で百恵さんの乗った車椅子を押して、友和さんと、ひどい吹雪の中で撮影したことを覚えています。

百恵さんは、そのドラマが終わったときに、「草笛さんは、本当にお母さんらしいお母さんでした」とポツンと言ってくださいました。

百恵さんは車椅子に乗っている役だったので、母親役の私が彼女を抱きかかえて車椅子に乗せたり、ベッドに横たわらせたり、普通の娘と母親よりスキンシップがとても多かったせいもあって、私も彼女もなにか特別な情がわいたのだと思います。

撮影を終えたあと、百恵さんは自分の好きな曲を入れたカセットテープを私にくれました。それからしばらくして、彼女は友和さんと結婚して芸能界を引退しました。

女優としての百恵さんの最後の〝母親〟としては、あれからずいぶん時がたった今も、遠くから娘の幸せを祈る気持ちです。

第5章 〔このごろ思うこと〕「これまでのこと」ではなく「これからのこと」を

母を見送った翌日の舞台で自分を超えた力を感じた

母が亡くなってから、2年半ほどたちます。

長い間、私の仕事のマネージャーもやってくれていたので、私は大人になってからもずっと、母を頼みに生きてきたようなところがあります。

母が亡くなった日、私は舞台に出ていました。２００９年11月から12月にかけて、東京の日比谷シアタークリエで、『グレイ・ガーデンズ』（※）というミュージカルをやっている時期でした。

その日、お昼の公演のあと、夕方から映画『武士の家計簿』の衣装合わせに行ったのですが、そのとき入った電話で母が息を引き取ったことを知らされました。

衣装合わせの仕事が終わり、横浜の母のもとにかけつけたときには、もう、母はすっかり冷たくなっていました。

前の日の晩に会ったのが最後でした。芸能人は親の死に目には会えないと、よくいわれることだけれど、ほんとにそうなってしまったのだなと思いました。

※　ケネディ一族の、母と娘の愛憎と絆を描いたミュージカル。

それから私は母の亡骸《なきがら》に寄り添い、母と話し合いました。

「お母さん、明日からの舞台も、私はやりおおせないといけないの。私はやるわよ。ちゃんと見ていてよ。明日から、一緒に舞台に生きて」

そんなことをゆっくりと気のすむまで母に語りかけているうちに、私はほっとした心持ちになりました。

これでやっと、私だけの母になったという不思議な安堵《あんど》感もありました。

臨終のときにそばにいられたかどうかは問題ではなくて、母に対して、私はこちらでちゃんと生きていきます、と伝えることができたら、それが母を送ることになるのではないか。寄り添って、語りかける時間を持てたことが、私には大事なことのように思いました。

そして翌日、『グレイ・ガーデンズ』の舞台に立ちました。

この作品はアメリカの大統領ジョン・F・ケネディの妻、ジャクリーン・ケネディ・オナシスの叔母にあたる、イーディスという女性とその娘イディの実話をもとにした、〝ドキュメンタリー・ミュージカル〟。愛憎入り混じり、激しく口論しあう母と娘を私と大竹しのぶさんが演じました。

母が亡くなった悔しさも悲しさも苦しさも、私はすべてを舞台にぶつけました。

舞台に立つまでは、ちゃんと歌えるか、台詞を言えるか、不安だったのですが、むしろ逆でした。不思議なことに、自分を超えた力が宿って、それが噴き出るような感覚がありました。

相手役の大竹しのぶさんにはそのことがわかったようです。

「草笛さん、お母さんが乗り移ったみたいでした。お母さんが亡くなられた翌日から、すごい馬力でした」

と、あとで聞きました。

悲しくて、苦しいけれど、舞台があるから、メソメソはしていられない。果たさなければいけない責任がある。それがあったから、しゃんと立っていられたのです。

母の死の翌日から舞台に立たなければならなかったことは、私にとっては、辛いけどよかったことだったのかもしれません。

マイナスの出来事が強いエネルギーになって、自分の限界を超えさせてくれることがあります。

これもまた、女優の〝業〟だと思います。

辛いけれど、神様がくれた役目。

そういうふうにして、生きていく仕事なのかと、今さらながら思います。

母が亡くなったあと、私は左の足首に赤い絹糸で編んだ細い紐を巻いて結びました。

あれから2年半もずっと付けたままなのに、不思議なことに切れていません。赤い糸というのがロマンチックでいいでしょ。私にはそんな少女っぽいところがあるのです。

この赤い絹糸を見ると、母を思い出します。母は私の中で生きていると感じます。そんなことで、とおっしゃる方もいるかもしれませんが、私はこの赤い絹糸のおかげでさみしくない。母とつながっていられる。

大事な人を亡くされた方に、もしよかったら、おためしください、とこっそりお教えしたい「赤い絹糸」です。

未来の人たちにとってのよい〝先祖〟でありたい

10年ぐらい前からでしょうか、自分の年齢が、今、何歳なのか、ふとわからなくなることがあります。

本当の年齢をごまかしたいとか、歳をとったことを認めたくないというわけではありません。自分が今、何歳かということが私にとってはそれほど大事なことではないのかもしれません。

「私は今、○歳」と言い聞かせながら、毎日を送っているわけではないですものね。そう話すと、「私も同じです!」という女性が40代でも50代でもいらっしゃる。一方、「自分の年齢を忘れるわけがないじゃないですか」という人もいらっしゃる。女性の自分の年齢に対する意識は、人によってずいぶん違うように思います。

私自身としては、年が増えるのはちっとも構わないのです。生きていれば、減ることはないのですから、しかたのないこと。

ただやはり、年々、体のパーツのあっちがダメ、こっちがダメ、となってくると、「ああイヤだなぁ」とは思います。

少しでもよくする努力をしつつ、あまり逆らわず、無理をしすぎないようにして、でも少しだけ無理してがんばる。そのへんの塩梅《あんばい》が難しくなってきた年頃です。なんだか、右往左往しながら生きている感じです。

私は誕生日が10月ですから、毎年、10月にひとつ年をとります。生まれ月はいいときといいますが、いつも誕生日のころは元気で過ごせる、好きな季節です。

夏の暑さは苦手で、「あっ、秋があのへんから来ているわ」と風のにおいを感じたあたりから、だんだん嬉しくなってきます。

夏の間は、グダグダと過ごして、もったいない1日を過ごしたと損したような気分になる日も多いのですが、秋になると頭も体もスッキリして、気持ちよく動くことができて、ものごともはかどります。

だけど、人間はワガママなものですね。暑いのはごめんだわ、とさんざん不平をならべておいて、こんどは冬になって寒くなると、「夏の暑さもよかったな」と思ったりします。

考えてみたら、四季があって、それが間違いなく順繰りにめぐってくるというのは、当たり前のようで、実はとても恵まれていること。外国には乾季の続く地域もありますし、寒い季節が長い地域もありますから、日本に生まれてよかったなぁとつくづく思います。

けれど、ここ数年、季節の流れがわからなくなるような感じがあります。

夏が終わるのかと思ったら、秋のほうへ向かわず、暑いほうへ逆戻りするような、妙な感じ。

地球全体に大きな変化が起こらないとも限らず、そのうち四季がなくなって、平板な気候になる日もくるのだろうか……。そんな想像もしてしまいます。

かといって、自然の変化に対して何ができるというわけではなく、「どうか、日本を守ってください」と、ご先祖様に祈っています。

祈るのは、個人としてのうちの家族の「ご先祖様」に対してというより、日本の先人たちという意味での「ご先祖様」。

知恵があり、文化と美意識を育み、国を大切に守ってきた。その歴史が今につながっていることを思うと、「ご先祖様」には感謝をします。

そして、現代に生きている私たちも、あとの時代の人にとって、「いいご先祖様だった」と思ってもらえるように生きなくてはと思います。

直接、血のつながった子供も孫も私にはいないけれど、広い意味では、未来の人類からすれば〝先祖〟なのですから。

そんなふうにこのごろは考えています。若いころには、考えもしなかったことです。

「若さを重ねる」という言葉にハッとさせられた

最近、といっても、もう一昨年のことになりますが、思いがけない出会いがありました。

文筆家で演出家、多摩美術大学の教授でもある萩原朔美《はぎわらさくみ》さんとお話をして、萩原さんが私について文章を書いてくださる雑誌の企画でのことでした。まったくの初対面で、その日、2、3時間、舞台や映画のことについて会話をしただけなのですが、後日、萩原さんの文章を読んで、ハッとさせられました。

3ページにわたる、私についての文章はこんなふうに結ばれていました。

「それにしても、草笛さんは若い。実年齢と心身とが乖離《かいり》している。芝居に取り組む姿勢が若さを保つ要因なのか。それとも、生来の品性が加齢を押し戻しているのだろうか。

実は原因は明瞭だ。草笛さんは今日まで歳を取ってきたのではない。若さを重ねてきたのである。当然なのだ。若さを重ねることが、女優という生き方なのである。

舞台人の宿命なのである」

私のことをほめてくださったのが嬉しいというだけではなかったのです。「若さを重ねることが、女優という生き方なのである」という、初めて目にした新鮮な表現に、ドキッとして、ゾクッとしました。

萩原朔美さんは詩人の萩原朔太郎のお孫さんで、作家の萩原葉子の息子さん。それこそ、生来の詩人なのでしょう。日本語の力が違います。

「若さを重ねることが、女優という生き方なのである。舞台人の宿命なのである」という言葉はくっきりと私の胸の中に刻まれ、〝これからの私〟をしゃんと支えてくれるものになりました。

演出家の目でとらえ、詩人の言葉で表すと、草笛光子とはこういう女優なのか、と自分のことながら、面白い発見でもありました。

そのうち、もっと長いものを萩原さんに書いてもらえないものか、機会をさぐっているところです。

イギリスの大女優、ジュディ・デンチに負けていられない

ジュディ・デンチというイギリスの女優をご存じでしょうか。

舞台でも映画でも活躍している人で、顔を見たら、あ、あの人とわかる方も多いかと思います。映画『眺めのいい部屋』や、「007シリーズ」でジェームズ・ボンドの上司M役でもおなじみの、白髪のショートカットの女優さんです。

そのジュディ・デンチが2011年の10月、高松宮殿下記念世界文化賞を受賞のため来日するというので、受賞記念の食事会に私も同席しました。

彼女とは浅からぬ縁があります。

そもそものきっかけは、1998年の舞台『エイミィズ・ヴュー』(※)です。プロデューサーから、いきなり「『エイミィズ・ヴュー』やらない？ イギリスでジュディ・デンチがやっている作品なのだけど」という電話がかかってきました。

その舞台は観ていなかったのですが、私はジュディ・デンチが好きで、彼女のやるものに悪いものはないと思っていたので、ふたつ返事で引き受けました。

※　有名な舞台女優の母親と、23歳の娘と、その恋人が織りなす人間模様。

ちょうどそのとき、ロンドンで彼女がその舞台をやっているというので、私はさっそく観に行きました。そのときに楽屋に会いに行ったのが、初対面でした。

「日本で、私はこの芝居をやります」

「そうですか」

そのときは、そんなあいさつ程度の短い会話をしただけでした。

あとで聞いた話では、私が自己紹介をする前に、私の顔を見た瞬間に「あ、女優が来た」とわかったそうです。

さて、日本で私が『エイミィズ・ヴュー』の公演をした直後、今度は彼女がニューヨークでやるというので、私はニューヨークにも行き、日本での舞台の写真をそのときに見せました。

同じ役を演じたもの同士、同じような苦労をしただろうということが互いにわかり、多くを語り合わなくても、なにか感じるところがあるのです。

それにこの作品は、イギリスの劇作家がジュディ・デンチにあてて書いたものらしく、女優である彼女の裏の顔も役柄の中に織り込まれているようで、役を演じながら、私は彼女を近しく感じたところもあります。

ちょうどそのころ、彼女はエリザベスI世を演じた映画『恋におちたシェイクスピア』でアカデミー賞助演女優賞を受賞したのですが、そのときは日本からお祝いの電報を打ちました。登場シーンはわずか8分なのに、彼女のエリザベスⅠ世は圧倒的な存在感で、一瞬見せた卑猥《ひわい》な笑いの見事なこと。なんという演じ方ができる人なのだろうと感心しました。

その後も彼女の出演している作品で観ることができるものはだいたい観ています。

2001年の『アイリス』というイギリス映画では、老いてアルツハイマーになった女性作家を演じていて、それも迫真でした。

そして、しばらくぶりに2011年、東京で再会することができたわけですが、相変わらずのパワフルさに刺激を受けました。

「今度は何をやるの?」と聞いたら、彼女は「007!」とウインクして答えました。ほかにも、クリント・イーストウッド監督の、FBI初代長官の伝記映画『J・エドガー』で、レオナルド・ディカプリオが演じる長官の母親役で出演しています。

ジュディ・デンチは現在77歳。細かいことを言えば、私のほうが10ヶ月ほどお姉さんですが、ほぼ同年齢。引退なんてまったく頭にないどころか、面白い作品にどんどん出て、ますます意欲的に芝居をしています。

私も負けてはいられない、という気持ちになります。

お手本にしたいポーランドの95歳の女優

このごろ、なにかというと、「この映画、知っている？　まだだったら、ぜひ観てみてください」と話に取り上げる映画があります。

『木洩れ日の家で』というポーランドの映画で、2011年、日本で公開され、今はDVDで観ることができます。

この映画の主人公を演じているポーランドの女優、ダヌタ・シャフラルスカさんはなんと1915年生まれ。資料によると、この映画を撮影したときは91歳、映画公開時は95歳で、舞台女優としてポーランドの伝説的な女優なのだそうです。

彼女が演じるのが、91歳の主人公・アニェラという女性。ポーランド、ワルシャワの郊外の木々に囲まれた木造の古い屋敷に愛犬と静かに暮らしています。夫はとうに他界し、息子は結婚して家庭を持っています。息子一家にとって、街なかでの便利で快適な暮らしが日常で、古い屋敷と年老いた母親は面倒くさい存在なのかもしれません。

アニェラは一日中、家の中で過ごし、話し相手といえば愛犬くらいで、両隣の家を双眼鏡でのぞくのが密《ひそ》かな楽しみ。

そんな彼女のところに、隣の家の使いのものだという男がやってきて、アニェラの屋敷を売ってほしいといいます。おりしも、アニェラは自分の体の様子から、自分に残された時間がもう長くないだろうと悟ります。

自分の愛する家はどうするのか、だれになにを遺《のこ》すことができるのか。

彼女が人生の最後の決断をするまでを静かに、けれどもユーモアと〝社会批評〟を交えて描いた傑作です。

この映画を観たとき、なんてすばらしい作品なのだろうと感動するのと同時に、私は「あぁ、悔しい」と思いました。

ポーランドではこういう映画が作られるのに、なぜ日本ではできないのか。こういう映画に私も出てみたい。そう思ったのです。

91歳の女性の上っ面だけでなく、この人の背後も、奥底に隠し持っているものも映しだしているところが、この映画の観どころ。

ただの優しいご長寿のおばあちゃんではないし、頑固なだけのいじわるなおばあちゃんでもない。なにもしていないように見えるけれど、周囲を観察して、自分で考えている。さらには、ただの傍観者ではなく、未来に向けて行動を起こしている。そういう意味で、彼女は現役の〝社会人〟なのです。

老いては子に従え、と日本では言いがちですけど、彼女は息子にやすやすと従うようなことはしない。情におぼれてとか、若いものにいい顔をしたくて、なんてことではなく、90年生きてきた人間として、堂々と自分で判断を下す。

自分の〝見識〟というものをちゃんともっていて、人間として甘くないところが実にカッコイイのです。高齢者をこんなふうに描き出すことのできるポーランドの映画の作り手たちの見識や力量もたいしたものです。

それにしても、ダヌタ・シャフラルスカさんというこの女優、91歳にして艶があり、色香が褪《あ》せていない。

ときおりみせるゾクリとさせられる瞳の奥の輝きに、この人は若いときから相当いい女だったのだろうなと思います。

しわだらけだけど、いい顔なのです。目に力があって、目だけであらゆることを語ることができる。いい加減な生き方をしてきていない顔です。だから、その姿がスクリーンに映れば、余計なセリフも説明も不要なのです。

60代、70代の人が「老け役」でやっても、絶対に真似はできない、90代だからこそのリアルな力があって、それが観る人の心を大きく揺さぶるのだと思います。

私もこういう人にならなきゃいけない、という究極のお手本をみつけました。

このくらい、人の心を動かせる女優にならなければ、私は死ぬに死ねないです。

おりにふれて、私がこの映画の宣伝をしているのにはたくらみがあります。たくさんの人が観てくだされば、その中から、日本版の『木洩れ日の家で』を撮りたいという人が現れるかもしれません。

そのときは、私にこの役をやらせていただきたく思います。

犬に学ぶ、余計な演技をしないことの大切さ

『木洩れ日の家で』という映画で、もうひとつとても印象に残ったのが、91歳のアニェラと一緒に暮らしている犬です。

この犬もまた、とてもいいのです。ジーッと飼い主の老婆のことをみつめている。それだけで、飼い主に何が起きたのかを、映画を観ているこちらにわからせてしま

います。

犬ですから、笑わせようとか、泣かせようという狙った演技は当然しない。だけど、犬の表情を通して、老婆の孤独やユーモア、そして〝最期のとき〟の静けさまでが伝わってきます。

ああいうのを観ると、余計な演技はしないことの大切さをあらためて思い知ります。そういえば、ずいぶん前に、三國連太郎さんが犬を連れていらして、「犬は演技の勉強になるんですよ」とおっしゃったことがありました。

そのお話をうかがったときには、へぇそんなものかしら、と思いましたが、今なら、私も同感です。

ちなみに、うちの愛犬のマロも余計な演技をしない、つねに正直な表情です。特におねだりをするときの無心なこと。

私の食事どきやおやつの時間には、必ず、私の席にスリッパだの、そこらにおいてあったふきんやらザルやら、くわえて持ってきます。

朝、マロが朝刊やタオルをもってきてくれると、ビスケットのご褒美をあげるのが習慣になっているため、私のところになにかを運んでいけば、なにかおいしいものをもらえるとばかりに一生懸命なのです。

そんなふうに無邪気な面があるかと思うと、頼もしい表情を見せてくれるときもあります。散歩中に挙動不審の人を察知すると、ピタッと立ち止まって、私に注意を促《うなが》し、その人が遠くに行って、危険がないとわかると、散歩を再開します。「もう大丈夫」とマロがこちらに言っているのが伝わります。

言葉を発しなくても、表情と全身の気配で気持ちのやりとりができるから、犬は一緒にいるとラクで面白い、頼もしき〝伴侶〟です。

「老い」を感じ、心臓が凍る思いをするとき

高齢化社会のためか、このごろ「老い」をテーマにした本をよく見かけます。そうした本では、人に迷惑をかけない老後の送り方や、幸せな老い方、人生の正しい始末のつけ方などのアドバイスがあるようです。

私は年齢的には〝後期高齢者〟にあてはまりますが、「老い」について、人さまにアドバイスできるようなことは、自分の中にまだない気がします。

「老い」を認めたくないというわけではありません。年をとることを忘れた人のよ

うに、いつまでも若くいたいと思っているわけでもありません。

ただ、自分の「老い」にとまどっている最中で、未だ、「老い」の初心者の心境なのです。

普段の生活の時間の中に、するっとすべりこむように、時々、老いを感じる瞬間がおとずれることがあります。

大事な用事をまるきり忘れてしまったり、よく知っているはずの人の名前がどうしても出てこなかったり、つかんだはずのコップが指からすべり落ちたり。

年をとれば、誰にだってあることでしょうと思う一方で、これが〝老い〟なのかと、心臓が凍るような思いです。

3時や4時、深夜と朝の間に目が覚めてしまって、暗闇をみつめているときは、〝老い〟に取り込まれそうな、怖い時間です。

もうひと眠りしたいけれど、この時間に入眠剤は飲みたくない。ベッドの中にいても、眠気はおとずれそうにない。あたたかいお湯を飲んでみようか。それとも、甘いはと麦茶を飲んでみたら眠れるだろうか。泣きたいような気持ちになります。

途中で目が覚めたのは、昨日、体を動かすのが少なかったからだろうか。

いや、そうではなくて、なにか気になっていることがあって、神経がピリピリしていたのかもしれない……。

もし、今、私が倒れたら、どこの病院に行けばいいのだろうか。もしものときは、ここはだれが片づけるのだろうか。遺言状を書いてないから、迷惑をかけることになるのかしら……。

そんなふうにいろんな考えがぐるぐると浮かんでは消え、脈絡もなく、また別の想いが湧き起こり、私の頭はぐちゃぐちゃのハンドバッグの中みたい。ハンドバッグをひっくり返して、途方に暮れて、ヘトヘトに疲れてしまうのです。

けれど、女優というのは夢の世界を描いて、人さまに夢を見てもらう仕事だから、暗闇の中ではいずりまわっている姿を見せるわけにはいきません。

舞台や映画で長い台詞を覚え、役を演じ、踊ったり歌ったりする私の裏側にくっついているリアルな〝老い〟。でも、それを見るのは、私自身だけでじゅうぶん。

今は、そんな気持ちなのです。

でも、これから先、私がどうやって自分の〝老い〟と向き合っていくのかはわかりません。

なにしろ、〝老い〟は初めてのことですから。

自分のこれまでを思い返して思うのは、30代、40代は、まるきり発展途上。50代、

60代のころも、登っていない山はいくらでもあるのだから、いつでも〝新人〟のつもりでした。そして、70代以降も立ち止まらず、前に進むしかない。

前に進んでいけば、そこにあるのは、やはり初めての景色です。

結局、70代でも80代でも、いつまでたっても人生の〝新人〟なのではないか。

そう思うと、初めての〝老い〟に私がなかなか慣れ親しむことができないのも、無理のないことのように思います。

見上げる梢の緑に、心休まる

一番、心の休まるときはどんなときだろうと考えたら、木のいっぱいあるところを歩いているときのような気がします。

舞台の客席に人がたくさんいないのはイヤなのだけど、ふだんは人がたくさんいる混んだところは苦手です。

以前は、仕事にひと区切りつくと、よく箱根に行っていました。いつも泊まる宿があって、私のお気に入りの部屋を宿の人が用意してくれていました。ベランダの椅子に腰かけると、遠くに富士山が見えて、あとは大きな空が広がるだけ。

雲がスーッと動いていくのを眺めていて、気がついたら、ずいぶん時間がたっていた。そんなことがよくありました。

朝、目覚めたら、宿の近くの林の中を散歩します。横浜育ちなのに、私は磯のにおいより、森林のにおいが好きなのです。何も考えないで、緑の中を歩くと、ほんとうに心が休まりました。

このごろは、泊まりで出かけることが少なくなり、箱根の森をしばらく散歩していません。

そのかわりに、近所を散歩して、木がたくさんあるあたりに行って、ボーッと上を見ています。

梢《こずえ》の緑を見ていると、それだけでいい気持ちになります。

ふと、ああ、私はひとりだなぁ、孤独だなぁと思うこともありますが、この孤独な感じが、私は嫌いではないのです。

そういえば、ずいぶん昔、菊田一夫先生とこんな会話をしたことがあります。

「きみ、草笛という名前はだれがつけたの？」

「歌劇の先生です。この名前、いけませんでしたか？」

「いけないことはないけど、寂しいのだよ。草笛って、ピ〜ッて寂しい音色だろ？」

「あら、でも、下の名前が光子ですから、光っていれば寂しくはないと思います」

何十年も前の、そんなやりとりを思い出して、ああそうか、私が草笛光子であるということは、寂しさや孤独を抱いて生きていくことで、逆に、孤独だから女優道を続けられたのかもしれません。

東北を中心に全国公演をした、舞台『6週間のダンスレッスン』

2012年の2月から3月にかけて、舞台『6週間のダンスレッスン』の公演を行いました。

私が演じるのは、72歳のリリーというアメリカ、フロリダに住む女性。登場人物は、彼女が申し込んだ出張個人ダンスレッスンのダンスインストラクター、マイケルとリリーだけ。ふたりは反発しながら、ダンスレッスンを重ねるうちに心を通わせていくというストーリーです。

この作品は2006年に初公演をして、毎年上演を繰り返し、2010年に通算

149回を終えたところでした。

けれども、なにしろ、ふたり芝居で、台詞は膨大で、出ずっぱりですから、肉体的に相当に大変なことだと身にしみていました。ですから、「また、やりましょう」と自信をもって言えなくて、次の公演はいつにするか、決めていないままでした。

そんな私が、「よし、また、この舞台をやるぞ」と決めたのは、2011年、東日本大震災後のことです。東北方面からの「草笛さんの舞台をやってほしい」というオファーがあり、それにどうしても応えたいと思ったのです。

私の舞台を観ていただくことが、震災後の東北の方々のつかのまの息抜きや癒しになるのか、楽しみになるのか、どれほどのお役に立てるのかはわからない。でも、私になにかできることがあるとすれば、女優として演じ、それを観ていただくことなのだから、この舞台をやろうと思いました。

それが、東北を中心に全国14ヶ所をまわったこの公演の私の目的でした。

さて、大変なことは承知の上でのチャレンジでしたが、実際にやってみると、覚悟していた以上に過酷な2ヶ月でした。

寒い時期に寒いところに行って、芝居をするのは並々ならぬ馬力が要ります。

連日公演の日もありましたし、ほとんど公演と公演の間が移動に使う1日だけというスケジュールでした。

冬の道をバスに揺られて10時間移動するのは体にこたえます。疲れがとれず、夜もなかなか眠りにつけなくなります。

しかも、『6週間のダンスレッスン』は、登場人物のふたりのやりとりの台詞がとても多くて、テンポが早い。

日本語の言い回しにはないような単語の使い方や比喩、皮肉まじりの〝ねじり〟のある表現やまどろっこしいフレーズが山のようにあります。だけど、そうした台詞自体が作品の空気になり、登場人物の人物像やふたりの関係性そのものを表します。役者にとっては骨が折れることですが、そこが翻訳物の芝居の大事なところで、役者の腕の見せどころでもあります。

この大量の台詞が頭の中から逃げていかないように、公演中はいっときも油断ならず、寝ても覚めてもずっと緊張して過ごしていました。

公演ツアーの前半終盤の岩手県、宮城県での公演の前。少し体調をくずしました。

東京での公演中なら、かかりつけのお医者さんに診てもらったり、うちでおかゆを作ってもらったり、対処できるのですが、地方を移動中には、そうしたことがかないません。公演が終わって、夜の遅い時間にホテルでおかゆを作ってもらうわけにもいかず、おにぎりとお湯でしのぐしかありませんでした。

それでも、舞台に立ったら、台詞は私の口をついて出てきて、体は動きます。

楽屋では疲れで体がふらついていても、目の前のお客さまたちの拍手と歓声に迎えられたとたん、お客さまたちからエネルギーをいただいて、2時間を超える舞台をやり終えることができました。

78歳で舞台を踏める、この幸せ

この舞台は、私と同年代のたくさんの方々も観に来てくださいました。

スタッフから聞いた話ですが、劇場のロビーや開演前の客席で、「草笛光子って、今、何歳?」とお客さま同士が会話しているのをどこの会場でも見かけたそうです。

「さっきも、ロビーでポスターを見ながら、草笛光子って私より年上なのよ。ホントにこんなドレスで踊れるの?　なんて言っていたおばあさんがいましたよ」なんて話をスタッフから聞いたら、こっちも、「よーし、やってやるぞ」という気になります。

そして、やはり、なんといっても嬉しかったのは、客席のみなさんの反応。悲しいシーンになるとみなさんが涙をぬぐっていらっしゃるのがわかりました。泣かせたり、笑わせたり、ストーリーの展開も、登場人物たちの感情の起伏も激しく、それにつきあうお客さまたちも大変だったかもしれません。

ストーリーとしては、最後に、私が演じるリリーはがんを患い、深刻な状況にある、という設定なのですが、舞台のフィナーレは、コンテンポラリー風の明るいノリの踊りで終わる演出としました。悲しいままで終わるのはイヤだったからです。

フィナーレの踊りでは、私は思いきり腕を広げ、遠くの席のお客さまにも届くような大きな笑顔で、手を振りました。

「お芝居の中のリリーは、病気でもうすぐ死にそうだけど、私、草笛光子は元気ですよ！　まだまだ死にませんよ！」という気持ちを込めました。

それに応えてくださる客席のみなさんの歓声や拍手の大きかったこと。本当に嬉しい瞬間です。客席に降りて行って、おひとりおひとりの手をにぎりながら、「ありがとう、ありがとう。どうでしたか？」と聞いて回りたいくらいでした。

にぎやかに盛り上がったフィナーレのあと、「あ〜、楽しかった」と言いながら席を立って帰られるお客さまを見送るとき、今日も舞台をやってよかった、と毎回、思いました。

客席に座っていらっしゃる2時間15分の間だけでも、辛いことを忘れ、お客さまに楽しい気持ちになってもらったのなら、やったかいがあるというものです。

今、2時間15分の舞台が終わり、舞台の湯気の出ている私のこの体、この幸せ。私にとって、これ以上の幸せはない、と毎回、しみじみと感じました。

こうして、私の女優人生は続いていく

公演のスケジュールが終わらないうちに、この先の話になりました。さて、この舞台は今後もまたやるのかどうか……。

演出家が言いました。

「草笛さん、これは、あなたにしかできない作品なんですよ。こんなにぴったり合っている作品は、女優の人生で、生涯に2本あったら、すごいことなんです。だから、80代も、その先も、生きているうちは、やるべきです。何歳になっても女優と

して存在することを示し続ける勢いでやってください」

たしかに、こんなに、自分に合う役にめぐり逢うことはそうそうないでしょう。5年間この舞台とつきあって、リリーという役が私とだんだん重なってきました。台詞を言っているのがリリーなのか、私なのか、区別がつかないくらい、リリーの心境がぴったりきます。それは、老いや病への不安、葛藤する気持ちが、私にも身近で切実なことだからでしょう。

この年齢になったからできる、しかも、生涯で何度もめぐり逢えないような作品に70代になってからめぐり逢ったことを思えば、可能な限り続けたい舞台です。もちろん、台詞がちゃんと言える、という自分なりの基準はありますが。

だから、私は言いました。

「この『6週間のダンスレッスン』と女優・草笛光子を長生きさせたかったら、お願いだから、次のときは、公演と公演の間をせめて2日はあけてよね」

するとスタッフは、

「2日でいいんですか？　3日はあけてもらわないと僕らがバテちゃいます」

と笑っていました。

パーソナルトレーナーのコータロウくんは、

「僕がついているかぎり、草笛さんには舞台に立ってもらいます」

と、きっぱり言っていました。

こんな人たちに支えてもらっているから、そして、日本の各地に舞台を楽しんでくださるお客さんがいて、映画やテレビでも私を観て応援してくださる人たちがあるから、私の女優としての人生は、これからも続いていくのだと思います。

さて、このあとは、どんな女を演じる草笛光子が登場しますやら。

そこはスクリーンなのか、舞台なのか、テレビの画面なのか。

自分がこれからどんな役をどんなふうに演じていくのか、いつまで、女優をやっていくのか、私自身もわからないことです。

けれども、女優をやっている限りは、人を驚かせる演技をしたい。人の心を動かせるいい女優になりたい。

お客さまを愛し、お客さまに愛される女優になりたいと思っています。

あとがき

「草笛さんは、いつも幸せそうね」と人からよく言われます。

幸か不幸か、苦しさが顔に出ないたちなのです。

「こんちくしょう、こんちくしょう」とつぶやきながら、なんとか山谷を超えてきました。

自分の弱点や逆境をなんとか克服しようとがんばっているうちに、マイナスがプラスにひっくり返る。そんな人生でした。

波風が立たないように見えても、今も水面下で、必死に足をバタつかせています。けれども、思い返してみると、つくづく人に恵まれました。

たくさんのすばらしい出会いがあり、多くの人が、本当にいろいろなことを教えてくださいました。

たくさんの方の支えがあったからこそ、私は女優の仕事をこれまで続けてこられたのだと思っています。

心から、深く深く、感謝しております。

これから、もっといい女優になるには、まだいくつもの山を登らないといけません。

最後まで、「こんちくしょう」と、登り続けようと思っています。

今、日本は大変なときです。

どうか、みなさま、「こんちくしょう」の気持ちで、苦しみや悲しみを乗り越えていかれますように。

希望の道筋を、次の世代のために作っていくことができますように。

2012年卯月　草笛光子

文庫のための長いあとがき

■大切な一日を精いっぱい生きる

今回『いつも私で生きていく』を文庫化することになり、嬉《うれ》しい半面、ちょっと恥ずかしい気持ちで一杯です。

出版されたのが2012年ですから、まだ6年しかたっていないんですね。なんだかもう10年くらい前の出来事のように感じます。

その間にも、いろんな出来事がありました。でも、私は後ろを振り向くのが大嫌いです。自分の出演した映画やTVドラマも一度見返したらそれっきり。気持ちはもう次の道へ向かっています。それは80歳を過ぎた今も変わりません。

70年近くも女優の仕事をやっていますから、楽しい思い出も、嫌な出来事もたくさんありました。嫌なことは、さっと捨ててしまったり、おなかの底へしまい込んで、今日までなんとか生きてきました。

でも、本を書くということは、忘れていたいろんな記憶を掘り起こすということ。思い出がぽろり、ぽろりとこぼれ出てくるたび、辛《つら》くなり、苦しくなって、胸が締め付けられます。もう勘弁して、と思いながら、作ったのがこの本です。

ここに書かれていることは、私のしごく個人的なことばかりです。みなさんよりちょっとだけ早く生まれて、いろんな壁にぶつかりながら「こんちくしょう」と、生きてきました。そんな私の思い出ばなしが、少しでもみなさんの人生を後押しする力となれば、こんなに嬉しいことはありません。

最近、いろいろなメディアの取材をお受けすることも多くて、その中で「どうして、そんなに元気でいられるんですか？」「健康の秘訣《ひけつ》はなんですか？」という質問を多くいただきます。

そんなとき、まずこう答えます。「私は、いい一日を過ごしたい。いい一日を過ごすために、一番大切なものは健康な体です。そのための努力は厭《いと》いません」

人生、なにが起こるかわかりません。今日という一日は、唯一無二の一日なんです。だからこそ、大切な一日を精いっぱい生きたいのです。

女優の仕事は、体が資本です。特に、舞台では体力を使います。ちゃんと食べないと、体が持ちません。私は、朝ごはんを食べながら、「お昼はなにを食べよう、夜はお肉がいいな」と考えているほど食いしん坊なんです。

若いころに、ハリウッドを訪れたときの話です。映画関係者が集まる撮影所内の大きなレストランがあって、私は着物姿で席についていました。美味《おい》しそうなお料理が、つぎつぎと運ばれてきます。食いしん坊の私は、どのお皿もきれいに平らげて、満足そうな顔をしていたのでしょう。アメリカ人の小柄なおじさまが近寄ってきて、一緒に写真を撮らせてくれないかと声をかけられました。

その人はハリウッドの有名な映画監督セシル・B・デミルさんでした。『十戒』(1923年)や『クレオパトラ』(1934年)などの作品でハリウッドの創生期を飾った超大物監督です。なぜ、そんな方が私に声をかけてくださったのでしょうか。あとでお聞きしたら、ハリウッドに来た日本の女優さんは、レストランの席についても、どなたもお淑《しと》やかに振る舞われる。そして食事にもあまり手を付けないで、そっと帰ってしまうのだそうです。ところが私は、着物姿にもかかわらず、美味しそうにたくさん食べていました。珍しい女優だと思われたようですね。

■老いとは〝おっくう〟に支配されていくこと

以前は舞台に出るためのストレッチをするくらいで、特別なトレーニングはなにもしていませんでした。ところが、最近は、それだけでは体がついてこなくなりました。きちんとトレーニングしないと、筋力が落ちてしまいます。

そこで、パーソナルトレーナーの方についていただいてトレーニングをしています。やっぱり自分ひとりでは、続かないんですよね。勉強と同じです。先生に叱咤《しった》激励されながら、なんとか体力を維持しています。

健康のためには早寝早起きがいいと、トレーナーにも言われます。でも、私はすごい夜ふかし。夜が好きな女なんです。

夜帰宅してから、テレビを観ながら、ストレッチをします。そして、新聞をひろげて読み始めると、もう止まりません。

興味のある記事、自分にとって役に立ちそうな記事がつぎつぎに目に飛び込んでくる。この事件の背景にはどんなことがあったのだろう。犯人はどんな生い立ちだったのだろう。頭の中を、想像が駆け巡ります。この時間がとても楽しいんです。気がつくと、午前3時ということも。

翌日仕事があるから、ちゃんと寝ておかないといけないのはわかっています。でも、いま、この瞬間が大切だと感じると、明日のことなんてどうでもいいと思ってしまうんですね。

夜ふかしした翌朝は、やはり後悔します。寝不足だと体が重いし、精神も重い。若いころは、徹夜しても平気だったのですが、もう体がついてこない。

そんな自分を見つめていると、老いとは〝おっくう〟に支配されていくことなんだと思い至りました。ちょっとしたことが〝おっくう〟になる。だから、〝おっくう〟な気持ちが顔をだしてきたら、エイヤッと振り払う。それも、老いを遠ざけるひとつの手段かもしれません。

草笛さんは、ストレスがたまらないでしょうと、スタッフにもよく言われます。「たのしい」「嬉しい」「つまらない」……つい、感情のままストレートにしゃべってしまいます。自分でも〝そのまんま光子〟という名前に変えたほうがいいと思うくらい。

これまでの人生で「忖度《そんたく》」なんてしたことありませんから。ニュースでお見受けする「忖度」しながら生きている方々は、毎日が大変でしょうね。

私は、生きているその瞬間を大切にしています。演技も同じ。花火の如《ごと》くきらめいて、ぱっと散ってしまいたい。だから物言いもストレートなんでしょう。

仕事の現場でも、マネージャーさんが苦虫を噛みつぶしたような顔をしているときは、なにかまずいことを言ってしまったとき。でも、一旦口に出した言葉は、ふたたび飲み込むことはできません。あとの祭りですね。

女優という仕事は、多くの共演者やスタッフと関わる仕事です。波長の合わない人もいて、ぶつかることもあります。

ストレートな物言いをすると言っても、さすがに人を傷つけるようなことは言いません。あの人は好きだけど、この人は嫌い。正直に口に出してしまったら、人間関係が壊れてしまいます。

嫌だなと思ったら、どうするか。私は、その人からうまく遠のくんです。合わないというのは、お互いにどこか空気でわかるのでしょう。相手も、なんとなく距離をおいてくれます。

逆にうまくいく人とは、多くを語らなくても本質的なところでわかり合える。私は、それを〝種《たね》〟が合うと言っています。たとえばその人にちょっと嫌なことを言われたり、腹が立つようなことをされても、〝種〟が一緒だといつのまにかもとの関係に戻るんです。〝種〟が合わない人は、一旦壊れたらもうだめですね。

■チャレンジ精神が私の原動力

心も自然体なら、見た目も自然体でいたい。だから私は、髪の毛を染めることをやめました。最近では、白髪のことを「シルバーヘアー」と呼ぶそうですね。

白髪を染めることは悪いことではありませんが、自分のありのままの姿をさらけ出して生きる。自分に素直に生きると、人生少しずつ楽になっていくと思います。みなさんも、ありのままヘアにチャレンジしてみてはどうでしょう。

私が、白髪のままでいるきっかけになったのは、この本の中でも触れた舞台作品「W;t」です。この作品で主役を演じるにあたって、私には、少し特別な思いがありました。

舞台は病室。しかもがんで死んでいくお話ですから、最初は観客が入らないんじゃないかと、関係者は上演することに尻込みしていました。でも、私は絶対にやりたかった。

なぜかって。じつは、この舞台の少し前に、大切な友人二人をがんで失ったのです。

彼らは、どんな気持ちで病魔と闘っていたのだろうか。辛かっただろう。怖かっただろう。寂しかっただろう。

私は、二人の気持ちに少しでも寄り添っていたい。そう思いながら、末期がん患者の役を演じました。舞台の上で、彼女の闘病を追体験したかったのです。だから、かつらは使わず、髪の毛はバリカンで刈り、ツルツルに剃《そ》りました。

この作品は私にとって、演劇である以前に現実の出来事。まるでドキュメンタリーのようでした。

夜、ドクターもインターンも、みんないなくなって、ライトが暗くなっていく。私は、病室のベッドにひとり残される。だれもいなくなって、暗闇にひとりぼっち。なぜここにいるのだろう。これからどうなってしまうのだろう。具体的になにかを考えているわけではないのですが、静寂とともに襲いかかってくる死の恐怖に押しつぶされそうになりました。

そこに、学生時代の先生がやってきます。ものすごく強い抗がん剤を飲んでいるから、夢なのか、幻覚なのかわかりません。

「あなたに読んで聞かせたい本があるの」そう言って、彼女はベッドの隅に腰掛けて、本を読んでくれます。

そのとき、涙がつーっと流れたんです。演技ではなく、ほんとうに心が揺さぶられて涙が流れた。そして、私はそのまま息を引き取ります。

病床では、ずっと真っ赤な野球帽をかぶっていました。抗がん剤の副作用で、髪が抜け落ちた姿を隠すためです。

坊主頭の私は、ベッドを下りて舞台中央へと歩いていく。そして観客に背を向けて、ネグリジェをパーッと落として、真っ裸になります。それが、死のメタファーとなって、舞台は終わります。

若い人ならまだしも、70歳近い私が舞台で真っ裸になるのです。最初は、肌色の着衣をつけて照明でごまかせないかという案も出ました。でもだめなんですね。どうやっても、違和感が残ってしまう。

友人の病を追体験しようとしているのに、微妙な作為の中でフィナーレを迎えたくなかったんです。

この舞台を経験して、私はまたひとつ壁を乗り越えた気がします。現在の白髪は、そのご褒美として、二人が私にプレゼントしてくれたのだと思っています。

考えてみると、このチャレンジ精神こそが、私の原動力でした。一日一日を大切に生きるということは、毎日チャレンジを続けるということです。いま、84歳。あと少しですが、これから先も人生が続きます。その少しを楽しく、明るく、ピカピカと生きたいなと思います。

草笛光子

2018年葉月

母への愛慕

中谷美紀

清廉かつエレガントで、その上ユーモアまで持ち合わせた稀代《きたい》の女優　草笛光子さんと初めてお目にかかったのは、2007年2月に開催された第61回毎日映画コンクールの表彰式でした。

田中絹代賞を受賞された草笛さんがシルバーグレーのスカートスーツに輝くような銀髪をたたえて、背筋を伸ばして歩まれるお姿に「この方が成瀬巳喜男監督や市川崑《こん》監督に愛された、あの草笛光子さんなのか」と、感嘆のため息が漏れたことは忘れ難き想《おも》い出ですが、その折にご挨拶をさせていただいたことを、草笛さんは露ほども覚えていらっしゃらないようです。

無慈悲にも浮き沈みが激しく、魑魅魍魎《ちみもうりょう》が跋扈《ばっこ》する映画界に長年いらしたからこそ、たかだか一人の若い女優がご挨拶をさせていただいたところで、あたたかい眼差《まなざ》しで迎え入れてくださされど、些末《さまつ》なことにはこだわっていられないのは当然のことでしょうし、草笛さんの決して後を引かないからっとした気持ちのよいお人柄がうかがえます。

その後、湊《みなと》かなえさんが原作のドラマ『花の鎖』にて、同じ人物の若かりし頃を私が演じ、齢を重ねてからのお役を草笛さんが演じてくださることとなり、恐れ多くも草笛さんのチャームポイントである顎《あご》のほくろを同じ位置に付けて、若くして夫を亡くした女性の悲しみを共有させていただけたことは、なんと光栄だったことでしょう。

それまでは、草笛さんがイタズラ好きで愉快な方だなどとは想像だにしませんでしたが、2013年の舞台『ロスト・イン・ヨンカーズ』にて三谷幸喜さんの演出のもと、母娘を演じて以来、草笛さんのユーモアに触れ、私たち共演者にとっては、母であり、かわいらしいコメディエンヌであり続けています。

都合の悪いことはわざと聞こえないふりをなさったり、不満を陰口にするのではなく、むしろ笑えるほどに大げさに皆がいる場所で「こんちくしょう！」などとおっしゃったりすることで、周囲をなごませ、老若男女すべてを虜《とりこ》にしてしまうお母さん、恐るべしです。

本著でも述べられている通り、SKD時代より鍛錬されたお身体《からだ》を、今でも丁寧にメンテナンスなさるお母さんは、『ロスト・イン・ヨンカーズ』の当時20歳から81歳まで年齢も境遇も様々な7人の出演者がいるなかで、誰よりも身体が柔らかく、

180度に開脚なさるだけで驚愕《きょうがく》しましたが、さらにはそのままお腹《なか》がぺたりと床についてしまうなんて、シャッポを脱がざるを得ませんでした。

草笛さんの美しさは、お顔立ちが華やかで人目を惹《ひ》くことはもちろんのこと、日々の努力による柔軟性と均整の取れた筋力、そして、厚切りのヒレ肉をお厭《いと》いなく何枚でもペロリと平らげてしまうからこその、ふわっと柔らかく適度な脂肪がついた胸元、そして、膝下がキュッと締まった細いおみ足によるものでしょう。

ご本人は「私は全くおしゃれじゃないのよ」などとご謙遜なさいますが、観劇やお食事などで待ち合わせをする度に、そばにいるこちらが心躍るような素敵な装いでお出ましくださり、年齢を理由におしゃれを諦める必要などないのだと、身をもって示して下さっています。いつまでも美しく、女性であることを忘れないヨーロッパの女性たちのように気高く自由なお姿に、羨望の眼差しを隠しきれません。

平素は同業者と交わることの少ない私が、お母さんとは舞台を降りてなおご一緒させていただく理由は、80代にしてまだまだやりたいことが山ほどあるお母さんの、子供のように眼《まなこ》を輝かせて語っていらした夢が、次々に実現する奇跡を目撃し続けたいという思いもあり、人の噂話《うわさばなし》に花を咲かせることのないお母さんが、今は亡き高峰秀子さんや山田五十鈴《いすず》さん、田中絹代さんとの想い出をこっそりお話しくださる瞬間の、大事な秘密を共有する背徳感がたまらなく好きだからなのです。それでいて、ベタベタと執拗《しつよう》なお付き合いをする必要がない気楽さは、大先輩とご一緒させていただいているという重圧がなく、大変失礼ながら心底から寛《くつろ》げるのです。

演技者として血の滲《にじ》むような努力を重ねていらしたからこそ生まれるゆとりと優雅さが、草笛光子さんという女優をさらに輝かせ、右肩上がりで魅力が増していく様を、娘として、一ファンとして、この先もおそばで拝見させていただけたら恐悦至極に存じます。

（なかたに・みき／女優）

主な出演作品

【舞台】

1959年　オラトリオ『火刑台上のジャンヌ・ダルク』
1964年『努力しないで出世する方法』
1966年『キスミーケイト』
1969年『ラ・マンチャの男』
1973年『王様と私』
1976年『ピピン』
1980年『和宮様御留』
『女たちの忠臣蔵』
1981年『泥棒家族』
『光の彼方に ONLY ONE』
1982年『ジプシー』

1983年『シカゴ』
1984年『結婚についての物語』
1985年『芝桜』
1990年『ハムレット』
1991年『私はシャーリー・ヴァレンタイン』
1992年『ヨンカーズ物語』
1993年『ラ・カージュ・オ・フォール』
1998年『エイミィズ・ヴュー』
2000年『この夏突然に』
2001年『あかさたな』
2002年『W;t』

2004年『請願—静かな叫び—』
2006年『6週間のダンスレッスン』
2008年『肝っ玉おっ母とその子どもたち』
2009年『グレイ・ガーデンズ』
2016年『海の風景』
2017年『レジェンド・オブ・ミュージカル』

【映画】

1953年『純潔革命』(松竹)
1956～70年「社長シリーズ」(東宝)
1960年『娘・妻・母』(東宝)
1967年『乱れ雲』(東宝)
1976年『犬神家の一族』(東宝)
1977年『悪魔の手毬唄』(東宝)
『獄門島』(東宝)
1985年『櫂』(東映)
『それから』(東映)
1990年『女帝　春日の局』(東映)

1993年『REX　恐竜物語』(松竹)
2006年『雪に願うこと』(ビターズ・エンド)
2009年『沈まぬ太陽』(東宝)
2010年『武士の家計簿』(松竹)
2011年『デンデラ』(東映)
2012年『HOME　愛しの座敷わらし』(東映)
2014年『0・5ミリ』(彩プロ)
2016年『殿、利息でござる!』(松竹)
2018年『ばぁちゃんロード』(アークエンタテインメント)

主な出演作品

【テレビ】

●バラエティ

1958年『光子の窓』(日本テレビ)

●ドラマ

1976年『赤い衝撃』(TBS)

1978年『熱中時代』(日本テレビ)

1985年 連続テレビ小説

『澪つくし』(NHK)

1990年『渡る世間は鬼ばかり』(TBS)

1995年 大河ドラマ

『八代将軍吉宗』(NHK)

1997年 連続テレビ小説

『あぐり』(NHK)

2000年 大河ドラマ

『葵 徳川三代』(NHK)

2005年『熟年離婚』(テレビ朝日)

2006年『結婚できない男』(フジテレビ)

2007年 連続テレビ小説

『どんど晴れ』(NHK)

2008年『風のガーデン』(フジテレビ)

2009年 大河ドラマ『天地人』(NHK)

2010年『セカンドバージン』(NHK)

『さよなら、アルマ』(NHK)

『樅ノ木は残った』(テレビ朝日)

2011年『美しい隣人』(フジテレビ)

２０１３年『オリンピックの身代金』
（テレビ朝日）
２０１４年『55歳からのハローライフ』
（ＮＨＫ）
２０１５年『経世済民の男』（ＮＨＫ）
『化石の微笑み』（テレビ朝日）
『オリエント急行殺人事件』
（フジテレビ）
２０１６年『真田丸』（ＮＨＫ）
『運命に、似た恋』（ＮＨＫ）
２０１７年『定年女子』（ＮＨＫ）
『人間の証明』（テレビ朝日）
２０１８年『静おばあちゃんにおまかせ』
（テレビ朝日）
『パディントン発4時50分』
（テレビ朝日）

※ほか出演多数

●

カバー写真スタッフ

カメラマン：天日恵美子
スタイリスト：清水けい子（SIGNO）
ヘアメイク：尚司芳和（OFFICE　SHOJI）

衣装協力
GRAND FOND BLANC（オーガンジー白キャミソール）

協力：オスカープロモーション　／　草琇舎

●

カバーデザイン：山田満明
編集：齋藤彰

●

―本書のプロフィール―

本書は、二〇一二年五月にベストセラーズより刊行された同名の単行本に加筆修正を加えた作品です。

小学館文庫

いつも私《わたし》で生《い》きていく

著者　草笛光子《くさぶえみつこ》

二〇一八年八月十二日　初版第一刷発行

発行人　岡　靖司

発行所　株式会社　小学館
〒一〇一-八〇〇一
東京都千代田区一ツ橋二-三-一
電話　編集〇三-三二三〇-五四三六
販売〇三-五二八一-三五五五
印刷所――図書印刷株式会社

ISBN978-4-09-406534-3